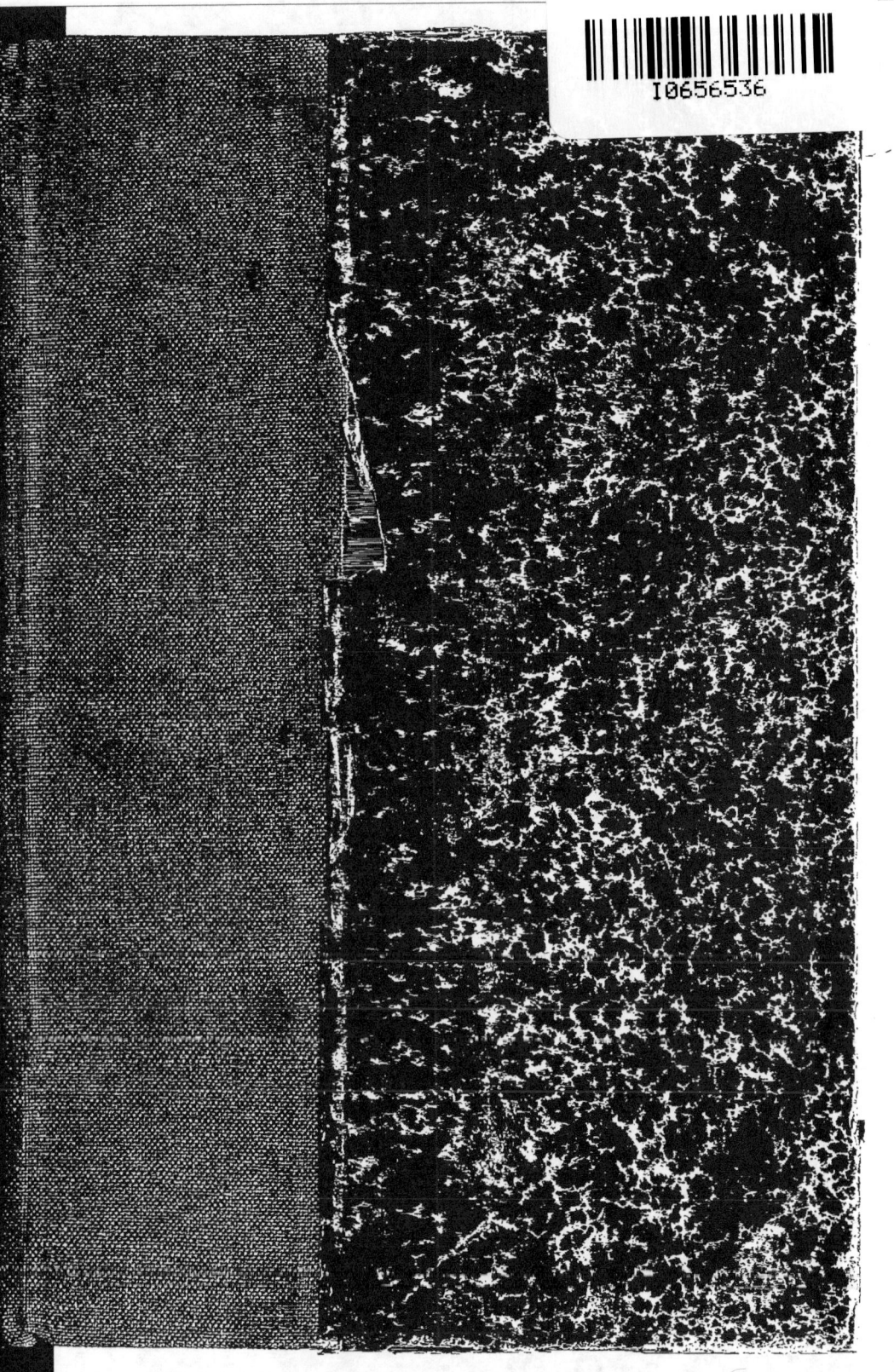

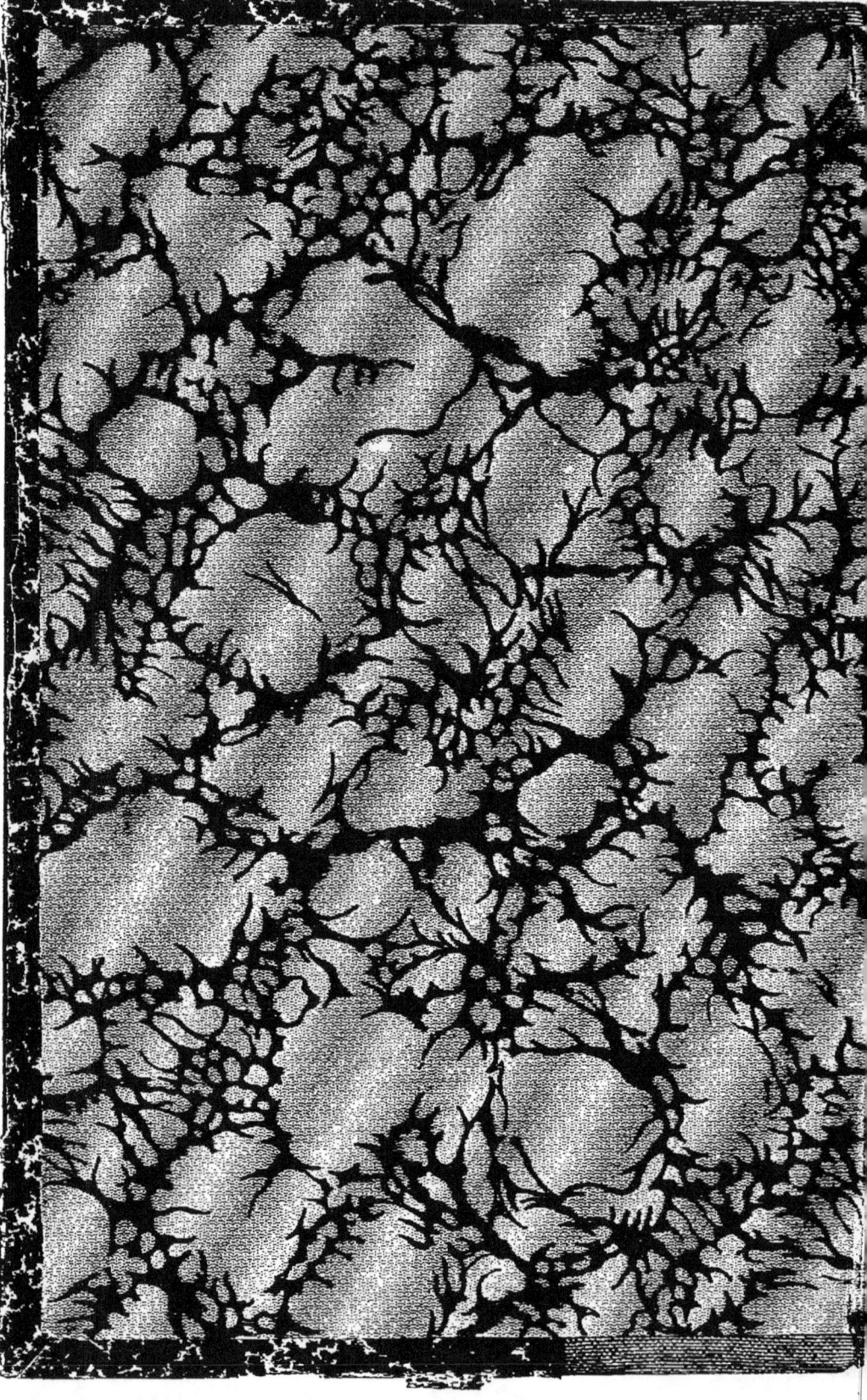

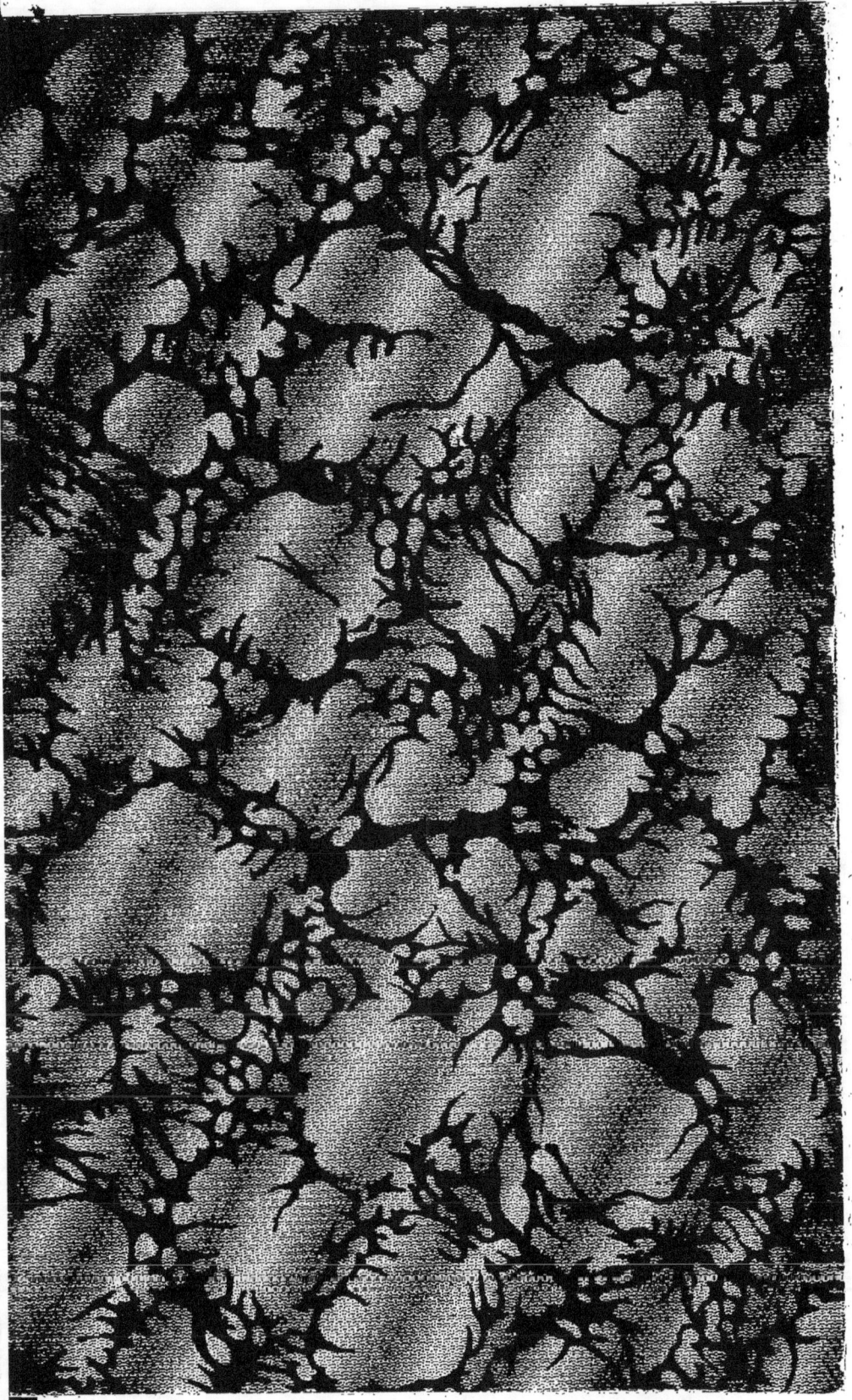

LE CORNAC

ŒUVRES DE DUBUT DE LAFOREST

Romans et Nouvelles

DUBUT DE LAFOREST

LE
CORNAC

ROMAN PARISIEN

« Tu es femina, et super
hanc feminam ædificabo
Ecclesiam meam... »

PARIS

DENTU ET Cie, ÉDITEURS

LIBRAIRES DE LA SOCIÉTÉ DES GENS DE LETTRES

PALAIS-ROYAL, 15-17-19, GALERIE D'ORLÉANS
ET 3, PLACE DE VALOIS

1887
(Tous droits réservés.)

LE CORNAC

ROMAN PARISIEN

I

— Très bien, Jozim !... Parfait !... Mon garçon,
tu réveillerais un mort !...

Dans l'un des plus riches hôtels du boulevard
Malesherbes, Jozim accomplissait son labeur matinal et à peu près unique, le massage de son
maître, M. Angelus Vardoz ; il maniait le corps
étalé, tout nu, sur un large divan ; il le soulevait à droite, à gauche, le retournait pile et
face, tendait les bras, les jambes, donnait du
jeu, de la souplesse et de la chaleur ; ses mains
d'artiste rassemblaient la peau, la mordaient,

1

l'étiraient, comme si elles devaient la faire craquer ; puis, elles glissaient, très douces, pleines d'une rare science, et activaient toujours la circulation du sang.

— Bravo, Jozim !...

Les chairs blanches et flasques devenaient plus fermes ; elles avaient pris des teintes rosées, elles affirmaient une vaillance, tandis qu'un fluide mystérieux pénétrait tous les membres, les réveillait, les dressait, les agitait, s'épandait en eux, enorgueillissant toute la musculature de l'homme, sous un souffle de jeunesse, de beauté, de fraîcheur et de désir.

L'art du massage n'avait plus de secrets pour Jozim, ex-masseur des femmes de Sa Majesté le Sultan, que M. Vardoz avait rencontré aux portes de Constantinople, un soir d'hiver où l'eunuque, fuyant le Harem, cherchait sa nourriture avec l'opiniâtreté des chiens errants sur les rives du Bosphore. Chaque matin, le maître s'abandonnait aux manipulations de son serviteur, et il trouvait là un remède contre ses soixante ans ; Jozim habitait Paris depuis quatre années, et il ne s'exprimait encore que par gestes.

Le lavatory était spacieux, tout en marbre ; au centre, le divan d'opération ; à droite, un appareil à douches ; à gauche, une superbe baignoire ; sur une longue table, des fioles de teinture, des cosmétiques, des outils de nacre et d'acier, des instruments de toutes sortes, alignés et brillants, comme pour une double exposition de parfumerie galante et de chirurgie mondaine. Quand Jozim eut lavé le corps à grande eau et qu'il l'eut épongé, il l'ondoya, dans toutes ses parties, d'une essence orientale dont il avait surpris la fabrication au Harem ; puis, ce fut entre ses doigts une succession rapide et savante de canifs, de limes et de ciseaux, un chassé-croisé de houppes, de brosses, de peignes, de palettes, de pinceaux et de fers à friser.

Maintenant, M. Angelus Vardoz, en costume du matin, — babouches, pantalon à la hussarde, veste de flanelle blanche à liséré bleu, entr'ouverte sur une chemise de soie bouffante, — cambrait sa taille devant une glace où il se voyait tout entier. Il était très grand, très svelte, avec une longue figure encadrée d'une barbe blonde géante, un nez busqué, des lèvres minces, de petits yeux malicieux ; et les pâles blondeurs de sa chevelure et de ses moustaches lui donnaient l'autorité de son âge, sans permettre à personne de deviner le travail artistique de Jozim : les fils blancs teintés de blond, la patte d'oie disparue, le carmin de la bouche, le réseau d'azur artificiel des veines, les coups d'estompe des sourcils, l'éclat des pommettes et du regard par des mélanges d'ocre, de bistre, de safran et de koheuil.

M. Angelus avait toutes les apparences de la virilité, de la grâce, et l'on voyait en lui un frais vieillard et non un vieux beau retapé. Comme il traversait le grand couloir de l'hôtel, il rencontra sa gouvernante, Mme Eulalie Bacot, une dame mûre en bonnet violet ; il lui barra le passage, et tout d'un coup, il tendit le bras droit :

— Eulalie, touche-moi ça !...

La gouvernante sourit, en femme habituée aux

fantaisies de son maître, et elle tàta le biceps :

— Oh! monsieur !... Oh! monsieur !... Vrai,
c'est beau !...

— Jozim n'y est pour rien!... Le régénérateur,
c'est le printemps !...

Ce sans-gêne rentrait dans les mœurs de la
maison, et les quinze années de service de Mme Eulalie justifiaient aux yeux de M. Vardoz une aussi
grande familiarité. Le maître ne demandait pas
tous les jours l'avis de sa servante sur sa force
musculaire, mais il aimait à se vanter ainsi,
chaque fois qu'il venait d'accomplir d'amou-
reuses prouesses, et, justement, la nuit passée,
il s'était montré, affirmait-t-il, d'une valeur extraordinaire : la jeune femme encore couchée
dans sa chambre pouvait en répondre.

— Vrai, monsieur, vrai !... C'est beau !...

Fier de cette approbation désintéressée, M. Angelus Vardoz, l'écrivain amateur, l'ami de tous
les arts, celui que les journaux baptisaient du
nom de Mécène, pénétra dans son cabinet de travail. On était aux premiers jours du printemps

de 1886, et par la large baie au vitrail de cathé-
drale ouverte sur le jardin de l'hôtel, montait une
brise embaumée, un bouquet de lilas en fleurs, et
le parfum semblait d'autant plus appréciable à
M. Vardoz que, déjà, les bouches d'égout commençaient à empester la ville. Autour des pe-
louses verdoyantes, dans les ramures, des oiseaux voletaient, sous le soleil joyeux, égrenant
des trilles et des roulades que le vieux poète
traduisait ainsi, en y répondant : « — Bonjour,
monsieur Angelus ! Toujours crâne ? Et ce vieux
biceps ? — Je me porte à merveille, messieurs les
oiseaux ! Une idée ! Si je vous consacrais un sonnet ? Je vous ai dédié au moins cinq cents vers ;
en voulez-vous encore ? — Mon Dieu, monsieur
Angelus, si cela vous fatigue, ne vous dérangez
pas ; nous chanterons tout de même ! »

M. Vardoz restait en pleine lumière, l'esprit
libre, exempt de rimes, et les oiseaux chantaient.

La magnifique pièce de style composite, peu-
plée de marbres et de bronzes, avait un air de
fête avec son plafond blanc et rouge en forme

de dôme et sa cheminée monumentale ; elle
invitait à rêver, à aimer; les sièges de peluche
en étaient moelleux ; des portières à personnages en masquaient les issues, et des brassées
de fleurs s'étageaient, çà et là, entre les rayons
des bibliothèques où dormaient des livres aux
reliures précieuses et intactes. En face d'un
meuble de Boule qui renfermait des bibelots de
toutes les époques et de tous les pays, et au-des-
sous du portrait à l'huile de M. Angelus, on
voyait émerger d'une frondaison de plantes vi-
vaces une grande et superbe terre-cuite, la re-
production de la *Statue de la Jeunesse* du tombeau d'Henri Regnault : la femme éternellement
jeune, oublieuse de l'artiste mort, offrait au littérateur de boudoir sa branche de laurier. Devant
le bureau d'ébène, un fauteuil à haut dossier
sculpté, une sorte de trône aux armes royales
étrangères; sur la table, un encrier d'argent
massif égayé de deux amours, des porte-plumes
à barbes d'or dans un cornet de cristal, un bu-
vard somptueux, des papiers diversement teintés,

satinés, comme il en faut pour écrire aux dames ;
point de taches, ni de feuilles manuscrites frois-
sées ; pas d'encombrement de mauvais goût, rien
de ce désordre qu'un lettré en voie de gesta-
tion ordonne de respecter, — rien de ces paperasses raturées et meurtries qui disent les larmes,
les sourires, les colères, les enthousiasmes, les
angoisses et quelquefois le triomphe d'un écrivain occupé à marteler son cerveau, pour faire
naître, grandir et vibrer une pensée humaine.

M. Vardoz dépouillait son courrier, et il pensait
qu'il est bon de vivre et de « dételer » le plus
tard possible ; il souriait à des écritures féminines, parcourait des demandes de secours et de
protection où il était qualifié de « mon cher
maître », « d'illustre maître ; » il savait ce que
valait l'aune de ces compliments, mais la flatterie
lui était douce au cœur et l'aidait à oublier les
tracas d'argent que lui créait le train de sa
maison. Tout autre que M. Angelus eût tremblé
devant l'imminence d'une ruine fatale, mais

M. Angelus avait des moyens personnels de combler les déficits.

Pendant que M. Vardoz achevait la lecture de sa correspondance et des journaux du matin, Mme Eulalie entrait dans la chambre à coucher du maître, pour y servir un petit déjeuner. Après avoir disposé sur le guéridon proche du lit un plateau de vieil argent qui supportait une tasse de chocolat, une chaude brioche entartinée de beurre, une fine serviette, un verre de mousseline et une carafe frappée, la gouvernante releva les brides de son bonnet violet ; puis, d'une voix onctueuse comme celle des prélats dont elle portait les couleurs :

— Votre servante, mademoiselle ! Il est dix heures ; je ne viens pas trop tôt ?

— Non, madame Eulalie, et vous êtes toujours bien aimable !

— Qui ne le serait avec mademoiselle ? Vous êtes si charmante ! Monsieur n'a jamais été plus heureux !

1.

— Il vous a dit cela, le monstre ?

— Je l'ai deviné à sa belle humeur !

Afin de se réveiller tout à fait, la jeune femme se mit sur son séant et décrivit avec ses bras des paraboles et des ellipses, des courbes gracieuses, comme si, par la pensée, elle se transportait sur la scène de l'Opéra, où, étoile de la danse, elle récoltait des bravos et des fleurs. Une jolie fille brune et rose : visage ovale, petit nez retroussé, grands yeux noirs enfantins, chevelure épaisse, sourcils touffus, joues trouées de fossettes, menton un peu grassouillet, mouche assassine, fortes lèvres, fortes cuisses, l'une de ces verdeurs à la fois polissonnes et naïves qui, dans l'envolée du tutu, piquent d'un désir les vieillards de l'orchestre. La danseuse approchait de sa bouche la cuiller d'or, goûtait, soufflait, tirait la langue, léchait le plus gentiment du monde : on eût dit de quelque Colombine agaçant Pierrot.

La gouvernante préparait les grandes eaux dans un cabinet de toilette contigu à la chambre, le laboratoire de Jozim étant réservé pour le seul usage de M. Vardoz.

— Madame Eulalie, demanda la danseuse, est-ce que vous croyez que c'est drôle de se marier pour tout de bon ? Moi, je me marie !

Mme Eulalie eut un soubresaut à l'idée que son maître pouvait épouser cette fille.

— Oh ! ce n'est pas avec M. Vardoz !

— En effet, Monsieur est trop âgé ! fit Mme Eulalie, toute de réserve et de malice.

— L'autre n'est pas beaucoup plus jeune : cinquante-trois ans.

— Sept ans de moins ; c'est toujours ça ! Une grande position, sans doute ?

— Devinez ?

— Ténor ?

— - Non !

— Juge ?

— Non !

— Député ? Sénateur ? Ministre ?

— Jamais de la vie ! Général !

— Cré mâtin !

— Général et comte ! Propriétaire de mines d'or et de diamants ; chez lui, il n'y a qu'à se baisser pour en prendre !

— Quelle veine !

— C'est un Brésilien pur sang.

— Le Brésilien ? Le petit noir qui brille ? Mais je le connais ! Nous l'avons eu à déjeuner, l'autre jour ; Monsieur lui a même cédé quelques tableaux, pour lui faire plaisir.

— Le général comte Eusébio da Queiroz-Leão !... J'ai mis longtemps à apprendre son nom ; le général descend de l'une des plus anciennes familles du Brésil ; il est de la province d'Espiritu-Santo.

— Amen ! répondit la gouvernante en toussant.

Bianca La Noretti — c'était le nom de théâtre de la danseuse — poussa un soupir.

— Vous ne sauriez croire, madame Eulalie, toute la peine que j'éprouverai en quittant le théâtre ; j'aime mon métier follement !

— Le général vous emmène au Brésil ?

— Pas encore, dans un an seulement ; mais

il paye le dédit, et il m'empêche de danser.

— Bah ! il vous autorisera de temps en temps pour vous faire les jambes !

— Jamais !

— Ne l'épousez pas !

— M. Vardoz me conseille de me marier.

— Si Monsieur a parlé, je retire.

— J'étais très hésitante, et je suis venue demander un dernier avis à mon bienfaiteur.

— C'est gentil cela, mademoiselle ! Et le général ne se doute pas ?

— Il ne se doute de rien. Du reste, pour les faveurs que je lui ai accordées !.. Il me croit à Auteuil, chez une parente malade.

— Petite roublarde !.. Pardon, mademoiselle, pardon...

— Il n'y a pas d'offense. Que voulez-vous, ma chère ! M. Vardoz a été bon pour moi, et il a toute ma confiance. N'est-ce pas lui qui m'a dénichée aux Folies-Bergère, où je végétais ? Je n'oublierai jamais son entrée dans les coulisses ; il vint à moi, me frappa sur les joues :

« Du talent, petite ! » Presque aussitôt parut ce grand diable de Bouc...

— M. Maxime Boucailles ?

— Tout juste ! Celui qu'on appelle l'astronome. Bouc voulait couper le chemin à M. Vardoz ; ils se disputaient en mon honneur : « — Je te dis que c'est moi qui l'ai vue le premier ! — Non, la découverte est mienne ! — Voyons, Bouc ? — N'insiste pas, Angelus ! » Et me voilà entre ces vieux messieurs, tiraillée par-ci, tiraillée par-là, flanquée de deux ouvreuses qui portaient des bouquets énormes ; ça recommençait : « — Ma voiture est à la porte ! — Mon coupé vous attendra ! — Nous souperons ! — Pas aussi bien qu'avec moi ! — Je vous lancerai ! — Il n'a pas d'influence ! — C'est un lâcheur ! » Mais Boucailles se mit à la poursuite d'une de mes camarades, et je devins la protégée de M. Vardoz. Vous souvient-il ?

— Parfaitement ! Vous vous releviez avec Emmeline.

— Moi, le vendredi.

— Et la grosse Emmeline, tous les mardis.

— Je n'avais pas le droit d'ètre jalouse; dès le premier jour, après une bonne nuit, M. Angelus se montra charmant : « — Comment t'appelles-tu ? — Blanche Noret. — Blanche Noret ! s'écria-t-il, avec un nom pareil, tu es perdue ! A Paris, les étrangers et les étrangères ont seuls du prestige ! Quelques jours plus tard, *l'Éclair* annonçait mon engagement à l'Opéra, sous le nom de Bianca La Noretti ; j'ai appris un peu d'italien, et depuis trois années, que de triomphes !... Il faut être raisonnable... « — Vois-tu, ma petite, me disait encore ce matin M. Vardoz, ce qui peut arriver de plus heureux à une artiste femme, c'est de se marier en plein succès ! » Madame Eulalie, j'obéirai !

— Saperlotte ! si le Brésilien savait que vous avez couché avec Monsieur ?...

La Noretti, un peu honteuse de se voir rappeléo à son rôle de fille par une servante, prit une pose académique en ordonnant :

— Aidez-moi donc à mettre mes bas !...

Le valet de chambre, un grand garçon joufflu à favoris noirs, introduisait dans le cabinet de travail une belle et puissante femme, la baronne Olympia Keulsbergh.

— Ah ! ma divine, que tu es gentille d'être venue !

— J'ai reçu ton petit mot, et je me suis empressée d'accourir.

Elle tendit à **M.** Vardoz un chèque de vingt mille francs et ajouta, sans paraître attacher aucune importance à la somme :

— On peut présenter aux bureaux de la rue Halévy ou dans nos succursales.

Il remercia en lui couvrant les mains de baisers soulignés de roucoulements :

— Mouhouh !.. Mouhouh !... Mouhouh !... Et ce cher baron ? Et tes adorables bébés ? Mouhouh !... Mouhouh !...

— Tous en bonne santé, Dieu merci ! Et toi, Angelus ?

— Je me maintiens.

— Toujours coureur ?

— Assez gaillard, baronne !

— Moi, je suis sage, un peu engraissée, comme tu vois, dans la popotte...

— Tu as encore tes airs d'impératrice, avec ta chevelure fauve et ton superbe visage de romaine ! Et tu ne regrettes pas le théâtre, les bravos, la célébrité, la gloire ?

— Je ne regrette rien ; j'adore mon mari et mes enfants... Mais je vais reparaître sur les planches, pour les pauvres.

— Olympia, ce sera un triomphe !

— Pour nous deux, mon ami.

— Comment cela, ma charmante ?

— J'ai été priée de dire des vers au Trocadéro, à l'occasion des inondés du Midi, et mon choix n'a pas été long : deux morceaux, une poésie de Victor Hugo et un sonnet...

— Un sonnet ?...

— D'Angelus Vardoz.

— Chère Olympia !

— Un de ces jours, nous choisirons ensemble dans tes œuvres...

— Mince bagage !...

— Des vers très beaux !...

— Il y a d'autres poètes...

— Moi, je n'ai pas de meilleur ami qu'Angelus ! Qu'étais-je, il y a douze ans, avant de te connaître ? L'humble fille d'une concierge de la rue Basse-du-Rempart... Tu es venu, tu m'as vue, tu m'as enlevée, et, grâce à toi, j'ai été victorieuse, victorieuse partout, au Conservatoire, à la Porte-Saint-Martin, au Vaudeville, à la Comédie-Française, — victorieuse jusque dans le mariage qui fait l'orgueil et le bonheur de ma vie !

-- Le baron n'est pas jaloux ?

— Jaloux d'Angelus ? Est-ce qu'un mari est jaloux d'un homme qui lui a donné sa femme ?

— Quelquefois !

— Le baron Keulsbergh, lui, a trop de raison et de cœur pour m'infliger une telle insulte ; il sait que je viens chez toi en camarade, en amie du vieux temps ; il n'oublie pas que si je suis baronne et femme d'un banquier millionnaire, au lieu d'être comtesse et millionnaire tout de même, il te le doit !... Nous te le devons !

— Pauvre comte Daniel, qui aimait tant à se chauffer les pieds dans ton boudoir et à y répandre la désagréable fumée de sa pipe ! Pauvre comte, y penses-tu toujours ?

— Comme une incroyante pense à un mort, avec tristesse, mais sans criminel espoir.

— Une fière parole !

— Angelus ?

— Ma fille ?

— Sais-tu pourquoi je te garde une si vive gratitude ? Eh bien ! c'est moins pour m'avoir protégée, patronnée, lancée, que pour être venu m'arrêter en plein triomphe. Tu me disais : Chère Olympia, on se fait vieille et l'étoile pâlit dans la lumière des astres qui se lèvent ; peu à peu, les adorateurs s'éloignent et le royaume chancelle et s'écroule. Oh ! n'attends pas d'être une beauté défaillante et de descendre des premiers rôles aux emplois secondaires ; tu assisterais à ton propre suicide ; fais-toi un sort, tandis que la fraîcheur

de tes chairs et l'éclat de tes yeux te donnent la
toute-puissance ! Tu vas quitter les tréteaux, tu
vas partir, envolée dans une apothéose, et l'on se
souviendra de tes succès pour en accabler les
nouvelles venues ! On soupirera : « Elle avait bien
le temps ! Elle était encore si belle ! Quel dommage ! »

— Ah ! que tu devrais bien faire comprendre
cela à La Noretti, qui dort dans ma chambre !

— La danseuse de l'Opéra ?

— Oui. Elle hésite à abandonner les planches
pour se marier admirablement !

— L'imbécile !... Mais, avoue que cette ballerine a de singulières façons de préparer sa nuit
de noces ?

— Elle avait besoin d'un conseil.

— Et le conseiller a offert son lit, comme terrain... neutre ?

— Neutre ? Pas encore, madame la baronne !

— Je m'en rapporte à vous, monsieur Angelus.

— Veux-tu que je te présente la future comtesse da Queiroz-Leão ?

— En déshabillé? Merci bien ! La Noretti ne t'empêche pas de rester le cavalier de notre belle amie Mme Champeaux ?

— Non, certes !

— Un dernier mot, et je me sauve ; mon mari songe à t'intéresser dans une petite opération de bourse.

— Et l'argent? Les fêtes de cet hiver ont absorbé...

— Ne t'inquiète pas !

— Je suis déjà le débiteur du baron pour des sommes si considérables...

— Nous t'enrichirons, Angelus ! A bientôt la bonne nouvelle et la répétition du sonnet! ...

La baronne Keulsbergh ayant disparu, le valet de chambre présenta une carte de visite à son maître ; celui-ci lut à haute voix : « Jules Fabréban, ancien élève de l'École normale supérieure, homme de lettres ; » puis, d'un ton dégagé, il demanda :

— Quès aco Fabréban ?

— Un grand jeune homme lugubre et sec à faire peur.

— Brrr !...

— Chapeau crasseux, moustaches incultes, redingote luisante aux coudes...

— Il vient pour un secours ?

— Il dit que non, mais c'est ça !

Dans une pantomime expressive, le domestique singeait les allures de l'écrivain ; il rentrait le bedon, se faisait maigre, touchait les pans de son habit comme s'il eût montré un autre corps dansant là en des vêtements trop larges ; ses mains devenaient tremblantes ; ses jambes flageolaient ; il souriait d'une bouche navrée, il étalait cyniquement une fierté abattue, une angoisse d'artiste, une misère d'homme, une jeunesse désespérée et mourante, et le maître, le vieillard heureux, le chéri des dames, le littérateur de boudoir n'avait pas une indignation contre l'insolence du larbin amuseur.

— Dis à ton Fabréban qu'il me fiche la paix, et donne lui cent sous !

Cette fois, ce ne fut pas Anatole qui parut, mais La Noretti, forçant la consigne ; elle avait jeté à la hâte un long manteau sur ses chairs nues, et, dans l'entrebâillement de l'étoffe, on pouvait admirer ses formes merveilleuses.

— Il est là ! dit-elle, effarée.

— Qui ?

— Lui ! Le général ! Mon général ! C'est Mme Eulalie qui m'a prévenue.

— Fichtre !... Reviens dans la chambre et enferme-toi !

— Vous allez le recevoir ?

— Certainement !... Il n'a encore aucun droit, je suppose ?

— Pour sûr !... Mais que vient-il faire ?

— Je te le raconterai.

— J'aimerais mieux l'entendre tout de suite et je vais me cacher derrière un rideau.

— S'il t'aperçoit ?

— Je ne broncherai pas.

— Si tu tousses ?

— Je ne suis pas enrhumée.

— Attention, le voici ! Pas un souffle !

— Couic !...

Anatole ouvrit la porte, et d'un ton respectueux :

— Son Excellence Monsieur le général comte
Eusébio da Queiroz-Leão.

Alors, M. Vardoz debout et La Noretti immobile derrière une portière ajourée virent apparaître un homme de taille moyenne, sec, nerveux, de la couleur d'une bille de chocolat un
peu jaunie en vieillissant ; il portait beau, sanglé
dans une redingote noire à revers de soie, la tête
mince, la chevelure grise, l'œil vif, le bas du
visage ceinturé par de grosses moustaches à la
Vercingétorix, un échantillon de crin végétal, de
varech sombre jeté là ; il brillait comme une
châsse d'église, depuis ses bottes vernies jusqu'à
son plastron de cravate orange, où étincelait un
énorme diamant noir d'une valeur de plus de
cinquante mille francs, et d'une eau à rivaliser
avec le Kok-i-noor, l'Étoile du Sud, le Régent et
le Sancy ; sa main gauche était gantée et suppor-

tait un chapeau gibus à larges bords; la droite agitait un gant clair, et ce léger mouvement faisait valoir les feux multicolores des bagues fixées au médius, à l'annulaire et à l'auriculaire :

— Bonjôr, ami!

— Je vous salue, général. Donnez-vous donc la peine...

Il s'assit et demanda aussitôt :

— On peut foumé?

— Voyez! répondit Vardoz en montrant sa cigarette allumée.

Le Brésilien tira de sa poche un étui enrichi de brillants et il y prit un cigare, puis, entre deux bouffées :

— Jé vous aimé bocou, mossié Vardoz.

— Soyez sûr, général...

— Dès moun arrivée à Pariss', vous avez été pour moâ coum' oun servitour.

L'interlocuteur ne put réprimer un geste de mécontentement.

— Pardoun, mossié, pardoun! Jé mé souis, sans doute, encore troumpé dans la espressioun;

2

jé voulais dire qué vo avez rendou dé grands
services à moâ.

M. Angelus sourit.

— Jé né saurais oublierr votré charmantt' ac-
cueil, quand lé counsoul dé la Espiritou-Santo
m'a counduit à vo. Tout cé qué l'oun peut tenter
dé charmantt' à l'égard d'oun étranger, vo l'avez
faitt' pour moâ; vo m'avez présenté à des per-
sounes illoustres, et vo m'avez vendou dé très
jólis tableauxx' de votré collectioun célèbrr'...

— Général, je désire vous montrer une toile...

— Oun peu plous tard, mossié. En attendant,
jé voudrai vo faire ouné counfessioun sériouse...

— Je suis tout oreilles.

— Figourez-vo, mossié Vardoz, qu'à votré
bal si esplendido dé la mi-dello Carêmo, j'ai rencountré ici ouné joli fâme, ouné grande artisse dé
l'Oupéra, ouné dansouse, madémoisel' Bianca La
Noretti; j'ai été toumbé proufoundémentt amou-
rou dé cette bell' persoune, et j'ai auré l'intentioun
peut-être biène dé faire d'ell' ma fâme...

— Pourquoi pas?... Mlle La Noretti est une honnête et intelligente artiste... Très jolie... Du talent!...

— Des talents, ouais, jé sais... bocou!... Dé la
grâce, dé la distinctioun... Dépouis trois mois
qué jé souis à Pariss', je n'ai point rencountré
dé créatoure aussi admirabl'! Mais, ouné chose
mé préoccoupe fortémentt'...

— Parlez, général, et si je puis...

— La matierr est délicat'... Lé lendémaine dé
votré bal, j'ai mé rendiss' chez mademoisel', pré-
cédé d'oun pourtour dé flours et d'écrènes dé
brillants; j'ai voulé coumencé dé souite à pren-
dré positioun; flours et brillants biène accouillis;
moâ, pas ça! Démoisell' sage encoure! s'écria la
pétite mère dé l'artiss'.

— Mme La Noretti, une excellente et digne
femme!

— Ouné tigresse, mossié, ouné tigresse! Jé
m'en allai, révins, et pendantt' quinze jours, riène!
riène! Pas ça! Alorss, j'ai appriss' par la maman
dé la roue dé la Moscou, et aussi par la coun-

cierge, qué mademoisell' était toute niouve, virge...

— Vierge?

— Ouais, virge! virge!

La danseuse mordait la portière pour ne pas éclater; M. Vardoz gardait son sang-froid.

— Pensez-vo, mossié, qui savez tant dé chouses, qué jé doivé croire? Lé croyez-vo? En êtes-vo soûr?

— Ah!

— Jé sais; on né joure jamais dé cet' positioun rélatif à la chouse d'oun. Mais, auriez-vo entendou parler de quéqué aventoure?

— Jamais!

— Votré paroule mé donné du courage, et si mademoisell' voulait quitter lé théâtre, elle séra ma fâme! Elle m'a souvent parlé dé vo, soun bienfaitour désintéressé, qu'elle aime coum oun père, et vous mé rendriez hurou dé voir, Madam' La Noretti, dé loui annoncerr ma déterminatioun à l'égarr dé sa fill'?

— Je me présenterai aujourd'hui même chez Mme La Noretti.

— Merci, mossié Vardoz, et ténez-moâ, jé vo prie, au courant dé la résoultate, avénoue dé la Bois-dé-la-Boulogne.

— C'est entendu, général.

— Jé vous réverrai ensouite pour la pétit' attentioun.

— Inutile !

— Vous sérez sourpris ! Jé m'en vais lé cœur biène aise ! Au révoir, et merci encoure, mossié !...

La danseuse allait sortir de sa cachette, mais elle en fut empêchée par un nouveau visiteur qui entrait brusquement :

— Ah ! mon bon Angelus !... Quelle veine !... Quel triomphe !... Excuse-moi de ne pas m'être fait annoncer, déclamait tout d'un trait un grand diable à favoris poivre et sel, au nez fort, aux larges dents blanches, dont le verbe joyeux éclatait comme une fanfare. Il se dandinait dans un élégant complet de laine douce à carreaux et

2.

continuait ses exclamations, tout en pressant les mains de M. Angelus.

— Qu'y a-t-il, mon cher Boucailles?

— Il y a que je viens de découvrir...

— Une étoile?

— De première grandeur!

— Cela ne te change guère, mon grand Bouc! N'es-tu pas l'astronome du beau sexe? A propos, as-tu reconnu le noble étranger que tu viens de croiser dans l'antichambre?

— Le général da Queiroz, l'imbécile de Brésilien qui s'est toqué de La Noretti...

A ce moment, un corps de femme pirouetta en l'air, comme s'il avait eu des ailes, et, gracieux, il vint s'abattre sur les épaules de Boucailles :

— Sacré Bouc !Tu n'es pas gentil ! Salop, va!

— La Noretti !. Comment, animal d'Angelus, la mignonne nous écoutait et tu ne préviens pas?

— Ton entrée a été si brusque !

Maxime Boucailles s'était remis de sa petite émotion :

—Alors, tu te maries, Bianca?

—On le dit!

—La fleur d'oranger te sied à merveille, mon enfant.

—C'est ce que disait mon futur époux, en demandant à Angelus : « Est-elle virge ? »

Elle s'enfuit en riant.

—Un peu timbrée! murmura Boucailles.

—Le Brésilien a été si drôle!

—Il vous a surpris?

—Pas le moins du monde ! Il était venu chez moi aux renseignements, et La Noretti s'est cachée pour l'entendre et l'observer tout à son aise ; il est parti, absolument persuadé que Bianca est vierge, « virge ! »

—Elle est bien bonne!

—Tu ne t'assieds pas?

—Je n'ai point le temps; je t'annonce au passage ma découverte : l'autre soir, à l'Eden, je suivais le ballet d'*Excelsior*, et voilà que, dans un groupe, je vis voltiger plus légèrement que toutes les autres danseuses une fillette, un corps

diaphane, un être éthéré, l'une de ces lumières-
femmes tombées sur terre, pour la joie des mor-
tels ; Bianca est de la Saint-Jean auprès d'elle !
Des yeux !... Une bouche !... Elle ne marchait
pas ; elle frisait les planches, et son balancement
était si voluptueux...

— Que tu fis un tour dans les coulisses ?

— Naturellement ! Elle s'appelle Ernestine, et
tu serais bien aimable d'envoyer un mot au
courrier des théâtres de *l'Éclair*.

— Très volontiers !

— Cela me fera bien plaisir ! Grâce à Ernestine, je n'ai plus cinquante ans, j'en ai vingt à
peine ! Je te remercie, Angelus !

— Au revoir, grand astronome !...

Après le départ de M. Maxime Boucailles, Angelus se frotta les mains : « Je lance Ernestine,
mais Bouc payera le lancement ; il faut que je me
débrouille ou je suis foutu, foutu !... »

Il écrivait la note destinée au journal, quand
Anatole présenta une carte.

— Je t'ai dit de répondre que je n'étais plus
visible.

— Cette dame a tellement insisté...

— Ah! c'est une femme? Voyons la carte :
« Madame Régina Mirzal. » Un titre de roman et
un parfum de violettes ; fais entrer! On ne sait
jamais ce qu'une femme porte dans les plis de ses
jupes !

Celle qui s'avançait était une dame blonde,
jeune et grande, à l'allure déliée, une fraîcheur
de bourgeoise de France avec un souvenir de
déesse du Parthénon ; elle avait les yeux bleus,
l'un bleu saphir, le nez grec, la bouche ver-
meille, une rangée de petites dents régulières et
blanches ; son menton un peu charnu était troué
d'une fossette ; le rose de ses joues s'allumait
de la lumière blonde d'un fin duvet, à peine
visible, et la dorure plus ardente des cheveux
éclatait sur le front en mèches capricieuses,
vrilles d'or toutes frémissantes et bien faites pour
inspirer le désir et donner la vision des trésors
intimes, des mousses de luxure plus chaudes et

plus frisées. Elle était chaussée de petites bottes de chevreau, gantée de Suède et vêtue, sous un casaquin en drap héliotrope, d'une jupe de moire assortie et recouverte d'une tunique de lainage léger ; le haut de sa ferme poitrine s'ouvrait sur un plastron de toile à petit col montant ; sa coiffure eût été qualifiée de chef-d'œuvre par un chroniqueur de la mode : une capote de tulle rose mouchetée à aigrette de jacinthes roses et d'épis d'argent.

Avec un geste aimable, M. Angelus Vardoz lui indiqua une causeuse ; elle remercia d'un joli sourire, attendant pour parler que le maître se fût réinstallé dans son grand fauteuil.

— Monsieur, ma visite doit vous paraître bien étrange, car c'est une femme inconnue qui vient à vous, sans la moindre présentation.

— Il est des personnes, madame, qui se recommandent d'elles-mêmes.

La dame blonde esquissa un nouveau sourire et se mit à conter sa petite histoire, d'une voix douce et grave :

— Jeune fille, j'avais la passion d'écrire ; mon père, professeur de grec à la Faculté de Caen, voulait bien encourager mes essais, encore inédits ; une fois mariée à un avoué de la ville, j'ai dû sacrifier la littérature à la tranquillité du ménage. Aujourd'hui je suis veuve ; mon deuil, vous le voyez, est fini ; je possède une fortune suffisante et je n'ai pas à redouter l'avenir pour une débutante de trente ans.

— Vous habitez Paris, madame ?

— Nous sommes presque voisins, monsieur ; depuis quatre mois, j'occupe un appartement boulevard Haussmann, où je vis seule avec mon fils ; j'ai écrit un roman, et je venais vous prier de juger mes premières pages ; il eût été de mauvais goût de forcer la lecture, et mon manuscrit est resté à la maison.

— Le titre de votre œuvre ?

— *La Révoltée.*

— Excellent ! Je ne demanderais pas mieux, madame, que de vous aider, mais songez-vous au peu d'influence d'un vieux poète oublié et d'un critique d'art incompris ?

— Vous n'êtes ni oublié, ni incompris, cher maître ! Vos fêtes merveilleuses, qui font courir Paris, en témoignent.

— On vient pour s'amuser !

— On s'amuse, et l'on admire, et l'on rend hommage à un écrivain que moi, provinciale, j'aime de tout mon cœur !

— Vous connaissez donc mes pauvres poésies ?

— Vous me demandez si je connais *Rimes printanières*, *Mes Petits Chanteurs*, *Rubis et saphirs*, *Pour vos beaux yeux* ?

— C'eût été pour les vôtres, madame !

— Je m'étonne vraiment qu'un écrivain tel que vous n'appartienne pas encore à l'Académie française.

— Ma production a été si modeste : quatre volumes de vers et deux volumes de critique.

— Je n'oubliais pas les *Impressions d'un artiste*, une prose bien française qui console des ignominies de l'école moderne. Oh ! ce réalisme, je le hais !... Pardon, je m'aperçois que je deviens justicière, alors que je sollicite humblement d'être jugée.

Elle le regardait ; il s'enflamma à ce regard de femme :

—Vous êtes charmante, madame, et je suis tout à vous ! Veuillez m'envoyer le manuscrit de *la Révoltée;* je vous lirai ce soir, et j'aurai l'honneur de vous écrire.

Mme Mirzal s'était levée ; il lui baisa galamment la main et la reconduisit jusqu'aux premières marches de l'escalier, ce qu'il n'avait encore fait pour personne ; — puis, dans un déjeuner en tête à tête, il renouvela ses bons conseils à la danseuse.

II

Et c'était, chaque matin, une ascension et une descente de visiteurs dans le grand escalier de marbre de l'hôtel Vardoz, un escalier monumental à double révolution, une merveille que l'amateur de belles-lettres avait fait charrier de l'un de ces palais tremblants de Venise qui, au passage silencieux des gondoles, semblent, eux aussi, flotter sur les eaux.

L'hôtel, tout proche de Saint-Augustin, formait l'un des angles du boulevard Malesherbes et de la rue de Rigny; on y pénétrait par une cour d'honneur : à l'entrée, la loge des concierges; au centre, le perron couvert d'une marquise; à droite, une voûte conduisant aux écuries peuplées de six chevaux; à gauche, une allée du jardin, un

vestige de parc dont les charmilles séculaires
fleurissaient la rue Roy. Dans le sous-sol, les
cuisines ; au premier étage, le cabinet de travail,
la salle à manger, un salon mauresque, la salle
de billard et trois grands salons en enfilade ; au
second, la chambre de Monsieur, le laboratoire
de Jozim et quatre chambres de maîtres ; plus
haut, les mansardes pour le personnel, composé
de Mme Eulalie, de l'eunuque et d'Anatole, d'un
cuisinier-chef et de ses deux aides, d'un jardinier
et de deux cochers anglais en livrée verte, sans
compter les hommes d'écurie.

Tout y disait la maison du plaisir où l'argent
abonde, où l'on s'empifre, sans que la valetaille
enlardée prenne souci de la provenance ; une fête
succédait à une fête, un souper à un bal, et les
journàux se disputaient les comptes rendus de
ces agapes qui mettaient le tout-Paris en liesse.
On venait là presque aussi facilement que dans
un tripot ou dans un lupanar, et, la fête terminée,
un monde étrange de cabotins et de cabotines,
de bas-bleus et de rastaquouères s'en allaient dans

Paris, pour chanter l'esprit, l'amabilité, le talent du vieil et rusé amphytrion. Ce petit manège pratiqué de façons diverses résumait l'existence de M. Vardoz ; le vieillard lançait ses maîtresses, produisait, entre le bal et le souper, des artistes inconnues, divas, danseuses, comédiennes ; — et de même que le cornac voyage sur le dos de l'éléphant, ainsi la renommée littéraire de M. Angelus voyageait sur les épaules de ses créatures féminines : un mariage riche ou même une union passagère avantageuse, tel était le but à atteindre, l'apothéose souhaitée pour les bêtes à aimer et pour le conducteur à chérir.

Parisien de Paris, fils d'anciens brocanteurs du faubourg du Temple, Angel Vardoz était entré, en 1845, au ministère de l'Intérieur et des Beaux-Arts ; joli garçon de vingt ans, il utilisait ses aventures galantes et procurait des maîtresses à ses chefs ; ami des femmes, confident des hommes, il obtint un avancement rapide. Une dame à laquelle il avait annoncé de douces choses le nommait malicieusement « Angelus » ; il n'entendit pas ou ne voulut pas entendre la malice, jugea le sobriquet très original et l'adopta dans le monde et pour la signature de ses premières poésies. Chevalier de la Légion d'honneur, inspecteur des Beaux-Arts, il organisa des expositions de peinture, publia des articles de critique, réunit ses vers et sa prose en volumes, et, tout en conservant une situation officielle peu exigeante qui lui créait des relations chez les artistes, il épousa, après l'avoir déflorée, la fille d'un riche marchand de chevaux. Mme Vardoz mourut sans enfant ; elle laissait à son mari une grosse fortune que le fonctionnaire amateur ne tarda pas à gaspiller dans la haute noce.

La parenté disparue, seul au monde, joyeux d'être, Vardoz songeait à reconstituer ses rentes ; il ne fallait pas compter pour cela sur l'administration ; quant à la littérature, M. Angelus ne s'était jamais senti l'âme d'un écrivain, et il considérait la critique et la recherche des rimes comme des passe-temps plus ou moins agréables. Un mariage l'avait enrichi, et une nouvelle union pouvait réparer les erreurs de jeunesse ; mais l'homme mûr préféra se mouvoir en toute indépendance, avec le jeu complet de ses éléments et des ressorts. Il éleva des femmes, et toutes le servirent : à celle-ci, il devait la rosette d'officier ; à celle-là, le poste d'inspecteur général. Sous le second Empire, il lança une créature dans les bras de l'un des ingénieurs chargés de dresser les plans des nouveaux boulevards ; grâce aux conseils de la dame, il spécula hardiment sur les terrains et acquit les millions que son emploi et la littérature s'obstinaient à lui refuser. Après la guerre franco-allemande, il fit construire le merveilleux hôtel du boulevard Malesherbes où on le retrouve fonctionnaire retraité, poète à ses heures, cornac toujours, donnant des fêtes éblouissantes, ayant uni la comédienne Olympia au banquier Keulsbergh, et prêt à se créer un nouveau Pactole avec le mariage d'une étoile de la danse.

Mais les dessous de M. Vardoz étaient sacrés pour des causes diverses, et il eut été dangereux et peu parisien de jeter à la face de l'homme de

joie toutes les ignominies de ses soixante ans
d'âge; naguère, un journaliste avait soulevé cer-
tains voiles; il y perdit sa situation. Dans le
tout-Paris, les uns se taisaient par indifférence
ou dédain; les autres, par l'horrible crainte des
« cadavres » du collectionneur de petits papiers.
M. Angelus avait coudoyé tant de monde et il
savait tant de choses! Il était riche; ses fêtes faisaient vivre l'ouvrier, et les modistes avaient
des rubans d'éloges; les fournisseurs du quartier le saluaient jusqu'à terre; il achetait des statues et des tableaux qu'il revendait ensuite avec
de gros bénéfices, après avoir obligé les artistes
à lui délivrer des quittances fictives; il achetait
sans cesse, payait comptant, et les peintres et les
sculpteurs dans la débine le vénéraient; il avait
écrit les préfaces des volumes de quelques poètes;
à d'autres écrivains, il donnait des lettres de
recommandation, harcelant les rédacteurs en
chef de journaux et les directeurs de théâtres;
cela ne réussissait pas toujours; mais le cornac,
selon l'expression même de Victor Hugo, avait le

geste auguste du semeur, et le semeur était infatigable ; tôt ou tard, une graine germait, montait, une plante se dégageait, trouait les ténèbres, et les semences attardées prenaient courage et force au soleil de M. Angelus. Dès qu'un chroniqueur ou un reporter citait son nom, rappelait ses livres, vantait ses réceptions, le maître envoyait un mot aimable à son jeune confrère, l'invitait à venir le voir, le gardait souvent à déjeuner, s'informait de ses espérances, au besoin lui prêtait un peu d'argent ; autrefois, Anatole était chargé de découper dans les journaux les articles consacrés à son maître ; aujourd'hui, la besogne du valet de chambre se simplifiait par un abonnement à la correspondance du « Lynx », qui transmettait au jour le jour les citations intéressant M. Vardoz. Lui attaqué, tout une jeunesse d'écrivains et d'artistes se fût levée pour le défendre ; on aurait eu une guerre des dames, depuis les coulisses des théâtres jusqu'au salon de la baronne Keulsbergh, jusqu'au boudoir de la belle Mme Champeaux, la femme d'un fondeur

3.

de canons qui lui devait sa réputation de beauté.

Parmi ses intimes, M. Maxime Boucailles, le grand Boue, millionnaire de famille, vieux noceur entêté, haussait les épaules au récit des aventures scandaleuses du bon Angelus; esprit simple et honnête, corps sensuel tout entier à la luxure, il s'imaginait que Vardoz, muni déjà d'un patrimoine, avait édifié sa fortune, assez naturellement, comme tant d'autres, lors des dernières années du second Empire, avec des ventes et achats de terrains; le baron Keulsbergh était plus capable d'apprécier le bonhomme, qui empruntait toujours sans rendre jamais; il gardait le silence, époux d'Olympia; quant au Brésilien, M. Angelus lui était apparu dans toute sa splendeur.

Pourquoi vouloir du mal à cette verte vieillesse? Le cornac n'était pas un gêneur; très enclin au snobbisme, il maniait l'encensoir et flattait les plus humbles; il avait le bon goût, étant célibataire, et malgré les excuses du grand âge, de n'inviter les femmes d'un certain monde qu'à des bals travestis et masqués, afin de ne compromettre personne ; il aimait et protégeait les jeunes artistes ; il les volait sans doute : mais les artistes aiment mieux être volés que de ne pas vendre leurs œuvres ; il éduquait les comédiennes et les danseuses, les menait parfois à la mairie et à l'autel, promenait les femmes jolies des bourgeois ; il était généreux, il laissait même tomber des mains de ses valets des pièces de cent sous dans les chapeaux de ratés, tels que le Fabréban, visiteur du matin, dont il n'avait rien à craindre, ni à espérer.

Le mariage de la danseuse accompli, M. Angelus se déciderait-il enfin à prendre un peu de repos ?...

Cet homme, qui, dans sa vie hurlante, avait dû éprouver bien des mécomptes, au sujet des bas-bleus, s'étonnait de l'émotion invraisemblable que venait de lui causer la visite d'une inconnue, Mme Régina Mirzal ; il voulait revoir cette femme, l'observer, l'étudier, la fouiller de son esprit sondeur, l'aimer peut-être, car elle l'éveillait déjà en des pensées d'amour sénile et de résurrection financière.

Vers le milieu du jour, Fanchette, une fraîche et robuste normande, la bonne de Mᵐᵉ Mirzal, déposa chez le concierge de l'hôtel Vardoz un rouleau de papier enguirlandé d'une faveur bleue; M. Angelus se promenait sous les tilleuls du jardin, et c'est autour des corbeilles fleuries, à la douce chanson de ses petits oiseaux, qu'il prit connaissance du manuscrit de *la Révoltée*. La lecture le charma tout de suite, moins à cause du drame lui-même que des idées de revendication jetées là, non pas dans un vent de colère et d'humaine bataille, mais gracieusement, ainsi que l'on parle entre gens très bien élevés, avec un peu d'épice et un parfum d'alcôve, à la façon des conteurs du XVIIIᵉ siècle.

— Décidément, conclut-il, je ne me trompais pas; cette Mirzal n'est point ordinaire ! Une belle roublarde qui fait de la philosophie de salon et plaide la cause des femmes en un style de boudoir. C'est la créature que je cherchais; il y a une place à prendre, et si Madame tient à l'occuper, je l'y aiderai !...

A MADAME RÉGINA MIRZAL

Boulevard Haussmann,

« Madame,

« J'ai lu *la Révoltée*, et *la Révoltée* est une œuvre !

« Voulez-vous me faire l'honneur de venir causer de votre roman, demain, jeudi, dans la matinée ?

« Agréez, je vous prie, madame, mes hommages les plus respectueux,

« Angelus Vardoz. »

Dès sept heures, selon son habitude, M. Angelus, en habit noir, cravaté de blanc, le pardessus noisette boutonné haut, monta dans sa calèche, attelée de deux mecklembourgeois de race, et se fit conduire à la Maison-Dorée, où il dîna seul, entouré de toute la considération des maîtres d'hôtel. Ensuite, il se rendit à l'Opéra, pour un acte de *la Favorite*, l'air guilleret, salué des ouvreuses de l'orchestre.

A l'entr'acte, comme il se rendait dans la loge de la baronne Keulsbergh, le général comte da Queiroz-Leão vint à lui, les mains tendues :

— Mossié Vardoz, jé vo rémercie dé votré démarch' auprès dé madam' La Noretti ; cé soir, j'ai été reçou par madémoisell et sa maman. Madémoisell révénait d'Auteuil, où sa tanté, elle a été indispousée, mais ça va mioux ; ces dames ont en vo la plou grandé counfiance ; moâ aussi ! Vo êtes oun galantt' houmé, mossié Angélouss', et si vo saviez qué la dansouse est indigné dé moâ, vo lé diriez ; vo né vodriez pas counduirr' oun ami à coummettr' ouné bêtisé ?

— Je vous répète, général, que Mlle Bianca La Noretti mérite le bonheur que vous lui réservez.

Le Brésilien rayonnait de joie ; il tira de l'une des poches de son habit noir une toute petite brochure illustrée :

— Vouyez, mossié Angélouss', jé coummencé à être célébrr' dane Pariss', et l'oun m'a counsacré déjà ouné brochourr : *Les Mourales dou Rastaquouerr'* par mossié Gabriel dé Sourtac, avéqué préfacé dé mossié Coquélin dé la Cadé, avéqué desseines dé mossié dé la Caran-d'Ach' ; il y a bocou, bocou d'espritt' là-dédanss' en quéqué paroules et en quéqué illustratiounes. La prémierr' est tourdante, cetté pétite fillé qui mangeait oun morco dé la gato et qui accourutt' vers lé mossié : « La pétite vient en mangeant. » Oun autré né séraitt' pas countent dé sé voar blagaué, moâ, ça m'amouse, et ténez, jé vais vo dirr' la dernièrr dé dernièrr' qué jé viens dé fabriquerr' à l'instane même en répouns' à la brochourr ; elle est biène dé circounstanc' à l'Oupéra :

Lé rastaquouerr' lisaitt :

LES MOURALES DOU RASTAQUOUERR'.

Mourale :

Il Ritt' et Gailhard coum' oun boussu.

— Bravo, général !... Très spirituel !

— Faut biène rirr' !... Alorss', mossié Angélouss', si lé mariage sé faitt, jé vo démandérai
l'hunour qué vous soyez moun témoin avéqué
lé counsoul dé la Rio-dé-la-Janéïro...

— Tout à vous, cher ami !

Au moment où la porte de la loge s'ouvrit devant M. Vardoz, le baron Frédéric Keulsbergh et
la baronne Olympia recevaient la visite de M. et
Mme Champeaux ; derrière les femmes assises, les
hommes causaient debout : le banquier, petit être
rondelet à cheveux rouges et à tête carrée
d'Alsacien, le visage glabre, le nez gros sur-
monté d'un binocle d'or, avait le pouce gauche
engagé dans l'emmanchure de son gilet blanc ;
il étalait une pointe de ventre et débitait de graves
paroles que semblait boire M. Némorin Champeaux, directeur et propriétaire de la grande
fonderie de canons de l'avenue Trudaine, un
solide auvergnat à barbe grise, un colosse à l'œil
plein d'intelligence et de douceur, aux larges
mains gênées par des gants paille, au corps pesant

dont l'ossature faisait gémir l'habit tout neuf et craquer le plastron de blanche toile. De toutes parts, les jumelles se braquaient sur les deux dames en robes de gala, savamment décolletées, étincelantes de bijoux : l'ex-comédienne Olympia était toujours superbe, malgré ses débordements de poitrine, et elle avait encore la noble expression de sa tête blonde, l'éclat de son regard, la fraîcheur de ses lèvres hautaines. Mᵐᵉ Louise Champeaux bavardait, en jouant de l'éventail avec des grâces infinies; grande et brune, aux lignes harmonieuses, le nez aquilin, le visage d'un pur ovale, elle était fort admirée par les peintres et les sculpteurs, qui eussent payé bien cher les séances d'un tel modèle; mais M. Boucailles, qui s'y connaissait, affirmait que c'était là une beauté trop parfaite, une figure d'académie, excellent sujet d'exercice pour les élèves de l'École des Beaux-Arts; elle ne disait rien au dénicheur d'étoiles, très respectueux, du reste, des femmes de ses amis.

— Voici M. Angelus ! murmura Mᵐᵉ Champeaux

toute joyeuse; baronne, permettez que je le gronde !

Les maris serrèrent la main de M. Vardoz, et les dames le firent asseoir auprès d'elles.

— Vous êtes un monstre, monsieur Angelus, reprit la femme de l'industriel; mon five o'clock d'aujourd'hui a été tout triste : vous n'étiez pas là !

Puis se tournant vers son mari :

— Dites-lui donc, mon cher...

— Effectivement ! répondit Champeaux, effectivement, mon cher monsieur Vardoz, vous nous manquiez; vous êtes toujours le bienvenu.

Déjà, le cornac entamait son nouveau rôle :

— Chère amie, excusez-moi pour votre five o'clock, toujours si agréable, où vous rayonnez avec tant de grâce; je me suis laissé absorber par la lecture d'un roman.

— Il faut que le livre soit bien remarquable ! dit la baronne, qui souriait d'un air malicieux au souvenir de La Noretti.

— Un chef-d'œuvre, mesdames ! Un chef-d'œuvre inédit dont j'ai eu la primeur.

— Inédit? continua la baronne, c'est dommage! dès demain, j'aurais fait prendre le volume! Y a-t-il indiscrétion à savoir le titre?

— *La Révoltée.*

— Et l'auteur?

— Une femme.

— Connue?

— Pas encore.

— Jeune?

— Trente ans.

— Jolie?

— Moins que Mme Champeaux; un genre de beauté différent.

— Mariée?

— Veuve.

— Hé! Monsieur Vardoz? Et où se passe l'aventure?

— En province.

— Oh! Les mœurs de province! Des infamies encore, sans doute? Elle a bon dos, la province! intervint Mme Champeaux.

— Je vous assure, mesdames, que vous serez

très heureuses d'applaudir au succès de *la Révoltée*.

La belle Auvergnate eut une grimace.

— Quelque révolutionnaire, sans doute, votre
bas-bleu ?

— Révolutionnaire aimable, instruite, élégante,
vous verrez ! Car je vous demanderai peut-être,
mesdames, de vous présenter cette femme, très
présentable sous tous les rapports :

— Volontiers ! fit Olympia.

— Moi, je me réserve ! répondit Mme Champeaux, sans s'apercevoir de la leçon qu'elle donnait à son amie l'ancienne actrice.

M. Angelus quitta la loge et ne résista pas au
désir de faire sa petite promenade habituelle dans
les coulisses :

— Tiens, Boucailles ! Comment, Bouc, nous
rôdons toujours ? Et cette merveille ?

— Lâchée !

— Ça n'a pas duré ?

— Trop ! Volé sur toutes les lignes !

— Alors, je vais à *l'Éclair*, pour dire à Lousquin de supprimer la petite réclame en question ?

— Quelle réclame ?

— Animal, n'es-tu pas venu me demander, ce matin, de faire passer quelques lignes pour ta protégée dans le courrier des théâtres ?

— C'est vrai ! mais ne biffe pas ! A quoi bon ?... Je cherche ! Je cherche ! Allons, viens, tu m'aideras !

— Impossible ! je suis pressé.

— Nous souperons !

— Impossible ! Au revoir ! Bon courage, vaillant astronome !

— Ce n'est pas le courage qui manque, mais, parfois, les astres se cachent !...

Ce soir-là, M. Angelus, obsédé par l'idée de Mme Mirzal, rentra seul ; Mme Eulalie demanda, inquiète :

— Monsieur serait-il malade ?

— Malade ? Moi ? Allons donc !...

Au matin, après l'ouvrage de Jozim, le maître s'installait dans son cabinet de travail, et du haut fauteuil qui lui servait de trône, imposant comme un empereur, il ordonnait au valet de chambre :

— Tu ne recevras qu'une seule personne, Mme Régina Mirzal. Pour tous les autres, je suis sorti, en courses, au Bois, à la campagne, au Tonkin, où il te plaira !

Quelques minutes plus tard, Anatole introduisait Mme Régina Mirzal.

La jeune veuve portait son chapeau de la veille aux jacinthes roses, mais elle avait un costume nouveau de grenadine bleue qui moulait ses formes harmonieuses et montrait par transparence les hauteurs rosées de sa gorge.

Il vint à elle, lui prit les mains, les baisa toutes deux, avec une émotion visible, et redressant la tête :

— Vous avez un talent énorme, madame ! Énorme !

— Cher maître...

— Énorme !

Ils s'assirent sur la causeuse, l'un près de l'autre ; M. Angelus tenait le manuscrit de *la Révoltée.* C'était le journal d'une prisonnière élé-

gante, la confession d'une jeune femme de province enfermée dans une maison de santé, pour
tentative de meurtre ; l'héroïne s'adressait à une
ancienne amie de couvent, et elle exposait les
motifs de sa chute et de sa vengeance ; elle disait
les amertumes et les dégoûts du foyer conjugal,
toutes les tristesses d'une alcôve déserte, le mari
repu et volage, privant la femme légitime pour
entretenir la prostituée, l'amant longtemps re-
poussé et enfin accueilli, l'amant jaloux et lâche ;
puis elle arrivait à l'heure où, devant la cour
d'assises, et sur la dénonciation de l'homme dont
elle portait le nom et qui le premier l'avait outragée, il lui fallut répondre de ses adultères ;
elle disait sa mère honteuse et absente au moment du procès, le mari au banc des témoins, le
mari très grave avec des airs de brave homme
affligé, l'amant en fuite, l'avocat insulteur, le
défenseur mou, les jurés imbéciles, le ministère
public s'égosillant de sa voix de castrat, le président et les conseillers goguenards, le président
essayant de mettre de l'esprit dans ses questions,

afin d'amuser un tas de drôlesses venues là, comme pour une fête; elle disait le grand Christ immobile qu'elle ne prierait plus jamais, puisqu'il ne s'était pas détaché de la croix et qu'il n'avait pas chassé à coups de fouet tous ces marchands de scandales. Alors, s'entendant condamner à la prison et lisant une joie dans les yeux du dénonciateur triomphant, elle avait vu tout rouge; elle s'était élancée, le revolver au poing, et Dieu et les hommes refusant justice, elle avait fait justice dans le Temple même, en abattant son indigne mari à ses pieds. On la croyait folle; elle ne l'était pas. Dans le dernier chapitre, l'auteur montrait les femmes dans toutes les conditions sociales, — filles, épouses, mères, veuves, — toutes les femmes asservies sous les lois des hommes, et elle prêchait une croisade.

Malheureusement, le thème était gâté par des dissertations philosophico-mondaines et des paillardises inutiles, hypocrites et ennuyeuses; un style d'emprunt, archaïque en diable, lui enlevait toute autorité et toute verdeur.

M. Angelus feuilletait le manuscrit, s'extasiait, déclamait des passages, et sous le prétexte d'appeler l'attention de la visiteuse sur des mots répétés, — les seules fautes que sa science lui eût permis de voir, — il se penchait vers la dame, se réchauffait à sa chaleur, touchait du front et de la barbe les frisettes de la chevelure blonde; elle s'éloignait un peu, mourait ses beaux yeux, se dandinait, croisait les jambes, dévoilait de fines attaches, un nuage de blanches dentelles, des trésors de luxe intime; elle s'éloignait, le sourire câlin, les lèvres d'une rougeur humide, sensuelle et vivace; elle s'éloignait avec des contorsions des hanches, des frémissements, des retraites voluptueuses; il la serrait de plus près, reposait une main distraite pour se rendre un compte exact de la fermeté des chairs, et, satisfait sans doute, il repartait d'un bel élan :

— Vous êtes une femme supérieure! Vous avez un talent énorme!

Et plus doucement :

— Madame Mirzal, vous sentez la violette.

4

— Vous aimez ce parfum?

— A la folie!

— Et vous croyez qu'un éditeur... Oh! si vous me donniez une préface?

— L'éditeur, je m'en charge! Le succès, j'en réponds! La préface, je l'écrirai! Madame Régina, votre nom est une promesse, un heureux présage, et vous serez quelqu'un! Hier, j'ai parlé de vous à des dames très influentes qui m'aideront à vous mettre en lumière.

— Comment vous remercier, monsieur?

— En acceptant à déjeuner ce matin.

— Je regrette, je ne le puis pas; c'est le jour de sortie de bébé.

— Quel âge a-t-il, bébé?

— Neuf ans.

— Il vous ressemble?

— Beaucoup.

— Et il se nomme?

— Émile.

— J'adore les enfants!... Émile est interne?

— Oh! non, externe. Il m'en eût trop coûté de me séparer de lui.

— Vous le voyez donc matin et soir?

— Oui, mais pas comme les jours de congé, où il est tout à moi.

— Douce et intéressante maman! Et quand aurai-je l'honneur de vous revoir?

— Me permettez-vous d'être franche, monsieur?

— Je vous en prie, madame.

— Eh bien, je préférerais vous avoir d'abord chez moi. Soyez donc assez aimable pour venir prendre une tasse de thé?

— Demain?

— Oui, demain; à quatre heures, voulez-vous?

— Un five o'clock?... alors... seuls?

— Oui! Pourquoi pas?... Monsieur Vardoz, est-ce que je remporte mon manuscrit pour effacer les mots à répétition que vous avez bien voulu me signaler?

— Inutile! Nous corrigerons sur les épreuves.

Demain, j'aurai peut-être déjà la bonne nouvelle...
Mignonne, laissez-moi vous embrasser en papa?

Gracieuse, elle tendit le front ; il cherchait la
bouche ; la jeune femme disparut, en riant.

— Méchante! gémit-il, tout penaud ; puis il
se consola en songeant que la dame préférait
sans doute se donner chez elle, en toute liberté,
et il appela sa gouvernante :

— Eulalie! Eulalie!

— Monsieur?

— Avance à l'ordre!

— Voici, Monsieur!

— Tu as vu cette dame?

— Oüi, Monsieur.

— Et tu la trouves?

— Assez bien!

— Malheureuse! Elle est admirable, entends-tu?
Ah! la bougresse, elle m'a mis dans un état!...

— Voyons, Monsieur, dit la gouvernante avec
douceur ; ne vous emballez pas ; vous savez bien
que ça vous fait du mal !

III

Depuis quatre mois que Mme Mirzal occupait un appartement du boulevard Haussmann, à proximité de l'hôtel Vardoz, les tracas de l'installation, des voyages d'affaires en Normandie, avaient absorbé la jeune veuve au point de lui interdire presque toute préoccupation littéraire. Un jour cependant, elle se décida à voir un éditeur ; l'éditeur l'ayant priée d'attendre, et trop longtemps au gré de la visiteuse, l'auteur de *la Révoltée* n'entra pas en pourparlers, et la démarche inutile fortifia en Mme Mirzal cette croyance qu'elle ne pourrait rien toute seule, et que, si elle voulait réussir, il lui faudrait connaître un personnage influent. Certes, elle aurait pu payer les frais de publication de son œuvre ; mais à quoi cela la mènerait-elle

4.

L'ouvrage paru, qui s'en inquiéterait? Qui le recommanderait? Qui le lancerait? Elle était femme, elle était jeune, elle était jolie; elle était femme, et elle devrait sans doute utiliser son sexe, traîner ses jupes de porte en porte et d'étage en étage, solliciter les directeurs et les critiques de journaux, se vendre ou se donner à Pierre et à Paul, et puisque, dans sa pensée, il était impossible d'arriver autrement, puisqu'elle jugeait Paris et les lettres de la sorte, n'était-il pas plus simple, plus adroit, plus convenable de chercher un bras, — un monsieur au bras long, — pour la protéger et la conduire?

Tout l'hiver, les feuilles mondaines, et principalement le grave journal *l'Éclair*, avaient chanté les louanges de M. Angelus Vardoz; M. Angelus par-ci, M. Vardoz par-là, M. Angelus Vardoz partout; ce nom soulevait des enthousiasmes et déchaînait des tempêtes d'éloges : on célébrait Angelus-Mécène, protecteur de l'art français et des belles-lettres, et si M. Vardoz avait une petite courbature ou s'il était seulement enrhumé, — il s'arrangeait toujours pour souffrir de quelque chose, au lendemain de ses fêtes, — les journaux publiaient des nouvelles de sa santé, jusqu'à l'heure où aux bulletins des docteurs succédaient les échos annonçant à la fois la guérison du bonhomme et des liesses prochaines. La réclame, fille du trottoir, venait à lui, chercheuse, avec des cajoleries, des clignements d'œil, et elle l'entraînait dans les coins des salons, lui montrait le bout de sa langue canaille, et tous deux, dignes de se comprendre, ils s'entendaient à merveille. Certain soir que Mme Régina Mirzal passait devant l'hôtel Vardoz, tout vibrant des éclats d'une fête mondaine, elle s'était écriée : C'est là où il faut frapper !... Et, sans plus attendre, elle réfléchit au meilleur système d'attaque, et raisonna un plan d'abordage. Elle ne pouvait espérer une présentation régulière, ne connaissant à Paris que les parents de deux ou trois amis de son fils, de simples bourgeois; elle pensa bien à une rencontre au théâtre, au Bois, dans les concerts, au cirque; mais M. Angelus était toujours entouré de femmes; elle voulut se transformer en dame quêteuse, patronnesse pour rire d'une bonne œuvre, et elle résista à la tentation, redoutant d'être éconduite ou satisfaite par un délégué aux charités du maitre; l'idée lui vint d'écrire et de solliciter une audience, un rendez-vous; puis le truc lui parut odieux, car, dans ces lettres-là, il fallait vanter sa beauté, sa fraîcheur, sa grâce et ses talents; elle n'avait pas « des talents », elle avait du talent, elle le croyait du moins; et, femme indépendante, elle n'irait pas vendre banalement son corps. Ayant épuisé les ressources d'une imagination féconde, elle prit le parti le plus simple, celui de se présenter elle-même chez un vieux monsieur très abordable, tout le monde le disait; elle y arriva, pleine du désir d'atteindre son but, pleine de l'orgueil de ne pas apparaître comme une institutrice en savates, ni comme une demoiselle enrichie par l'alcôve. Si elle triomphait, si vraiment elle intéressait M. Vardoz à sa fortune, l'introduction personnelle offrirait l'immense avantage de ne produire entre elle et lui aucun gêneur; au besoin, ils auraient, l'un et l'autre, la liberté de laisser entendre et même d'affirmer devant le monde qu'ils étaient de vieilles connaissances.

Régina savait bien ce qu'elle faisait, la veille de ce jour, en permettant à la main de M. Angelus de s'égarer tendrement sur sa robe et d'estimer ses formes; elle se rendait compte de la nécessité d'enflammer le cerveau et les sens du vieillard, afin d'éloigner de suite le souvenir des amantes et de prendre place; elle savait aussi bien, et peut-être mieux, ce qu'elle voulait, en obligeant M. Var-doz à se rendre chez elle, désireuse de le convaincre qu'elle n'était ni à sa merci, ni encore à sa solde. A Caen, sa ville natale, où elle s'était mariée, elle passait pour une femme aimable, intelligente, let-trée, mais extravagante par ses sélections amou-reuses, et d'un tel tempérament que, depuis son mariage jusqu'à sa mort, on salua en maître Mir-zal, un avoué à lunettes, le plus grand cocu de la Normandie; vraies ou fausses, les légendes im-portaient peu dans l'existence nouvelle de la Parisienne qui aurait pu se défendre avec la parole de Mᵐᵉ Champeaux : « Elle a bon dos, la province ! »

Mᵐᵉ Mirzal arrivait à Paris, libre de toute entrave de famille, sans liaison aucune, riche d'une vingtaine de mille francs de rentes, forte d'elle-même, instruite peut-être par de mauvaises rencontres aux bains de mer, ne voulant pas se jeter aux moustaches de quelque goujat, assez énergique pour commander à sa chair enragée ; elle vivait, isolée, grande lectrice de romans, de journaux et de revues, recevant les seules et rares visites de son beau-frère, un bourgeois de Caen, le subrogé tuteur de son fils. La jeune femme travaillait beaucoup, surveillait les études du collégien, et c'est à peine si elle s'était rendue à trois ou quatre matinées de théâtre, et toujours pour y conduire le petit Émile. Deux femmes la servaient, une vieille cuisinière et une fille de chambre, des Normandes peu exigeantes et dévouées à leur maîtresse ; elle aimait les bêtes, s'éveillait aux chants des oiseaux, prenait plaisir à voir jouer son enfant, à jouer elle-même avec une superbe chienne noire à longue laine frisée, tondue à la lion, et qu'elle nommait La Javotte, l'un de ces animaux dont le merveilleux instinct semble une injure criante pour l'intelligence de bien des personnes.

A l'exception du boudoir de Madame, — une pièce tendue d'étoffes violettes, aux meubles de peluche, selon le goût du jour, qui tenait le milieu entre le temple d'une cocotte riche et le buen retiro d'une veuve toute d'espérance, — rien ne distinguait l'appartement des logis consacrés par les bourgeoises de la ville. C'était là que Régina, en longue tunique blanche agrafée à l'épaule droite, le cou et les bras nus, une rose dans ses cheveux d'or, attendait, en fumant des cigarettes orientales, la visite de M. Angelus.

— Madame Mirzal, s'il vous plaît ? demanda le valet de pied.

— Au troisième, la porte à droite, répondit la concierge.

M. Vardoz descendit de voiture et monta l'escalier avec une légèreté surprenante pour son âge;

il était coiffé d'un chapeau gris à haute forme ; une
redingote noire fleurie d'une rosette de la Légion
d'honneur dessinait sa taille, et son pantalon clair
s'ajustait sur des bottines à sous-pieds blancs de
la plus grande élégance ; au-dessus du col cassé
haut, flambait sa belle barbe ; il était content de
lui-même, bien d'aplomb comme toujours, et il
avait l'air d'un amoureux qui pense : Elle est là,
elle m'attend, nous allons voir ça !

La jeune femme l'accueillit, toute gracieuse.

— Oh ! le ravissant peignoir ! s'écria-t-il... On
dirait d'un manteau ancien, et vous êtes, madame,
une Athénienne ressuscitée en son printemps !

— Je vous ai dit, monsieur, que mon père
avait été professeur de grec ; au moment de ses
noces, et même après, il traduisait Homère, et
vous voyez en moi une fille de l'*Iliade*, par phé-
nomène d'atavisme intellectuel.

— Adorable !

— Une cigarette ?

— Non, merci ; je n'aime pas le tabac turc ; je
ne fume guère dans la journée.

— L'odeur ne vous incommode pas? Vous permettez?

— Comment donc !

Elle alluma sa cigarette à un petit flambeau de Saxe.

— Madame, je vous apporte, la bonne nouvelle ; mon éditeur du Palais-Royal a reçu votre manuscrit d'emblée.

— Quel bonheur !... Je n'oublierai jamais vos bontés, cher maître ! Et l'éditeur accepte... sans lire ?

— Ma préface...

— Suis-je sotte ! Votre préface n'imposait-elle pas l'acceptation immédiate ?

— Vous aurez un triomphe !

— Grâce à vous !

— Non, madame, à vous !

— Ce qui ne m'empêchera pas de commenter en vous l'appliquant le mot d'un jeune écrivain à Mme de Staël et de dire : Le roman est de moi, et le succès est de M. Angelus.

— Vous direz ce que vous voudrez, et ce sera

5

toujours bien. A présent, chère madame, et pour vous prouver mieux encore mon affectueux intérêt, je vous soumets une idée : nous sommes au 29 avril ; nous ne pouvons paraître qu'en juillet, car il faut deux mois pour l'impression et une correction soignée des épreuves ; le livre obtiendrait quand même un beau succès avec les ventes des librairies de chemins de fer, mais, d'un avis unanime, la meilleure saison est le commencement d'octobre.

— Attendons !

— Il y aurait un moyen de bénéficier du retard de la publication en volume, ce serait de lancer d'abord *la Révoltée* en feuilleton dans un journal.

— Et vous avez un journal ?

— Je songe à *l'Éclair*.

— Mais *l'Éclair* ne donne que des feuilletons d'auteurs très arrivés ?

— *L'Éclair* publiera ce que je voudrai !

— Je ne doute pas de votre puissance.

— J'ai un cadavre contre Hippolyte Lousquin, le directeur ; un ca-da-vre ! vous saisissez ?

. — Parfaitement ! vous tenez Lousquin ?

— C'est cela même !

Fanchette, la femme de chambre, vint préparer le thé, disposer le service et des bouchées à la reine sur une table de laque ; la servante s'étant retirée, Mme Mirzal s'approcha de M. Vardoz et lui offrit une tasse. Au bout d'une demi-heure, M. Angelus ne comprenait plus rien à la comédie de la jeune veuve, et selon l'une de ses expressions familières empruntées au langage boulevardier, il finissait par « la trouver mauvaise » ; en vain, il essayait de baiser la dame à la chlamyde moderne sur les chairs nues du cou et des bras, elle glissait rieuse, en faisant : Chut !... chut !... le plus gracieusement du monde.

— Madame Régina ?

— Cher maître ?

— Demain, le vernissage ; me permettrez-vous d'être votre cavalier au Palais de l'Industrie ?

— Je serai flattée...

— A la bonne heure ! J'essayerai de vous présenter à la baronne Keulsbergh et à Mme Champeaux, les dames auxquelles j'ai déjà parlé de vous et de votre œuvre.

— Elles ne seront pas jalouses, vos belles dames ?

— Jalouses? Il ne s'est jamais rien passé de mal entre nous.

— Hum !

— Je vous l'affirme !

— Vous êtes discret, j'entends ça !

— Je vois cependant une conduite à tenir.

— Aïe !...

— Dans votre intérêt... Demain, il y aura trop de monde au Salon pour que vous puissiez profiter de mes conseils ; vous vous rattraperez plus tard. Venez donc là, je vous prie, que je vous explique ; nous avons l'air de causer, comme l'on ne fait pas au cabaret, d'une table à l'autre.

— Vous vous trompez de tasse, monsieur !

— Je voulais lire vos pensées, madame ; cela vous contrarie ?

— On va me donner une autre tasse.

— Alors, j'aime autant continuer à boire dans la mienne, fit-il de méchante humeur.

— Vous êtes fâché ?

— Voyons, madame, vous m'avez assez torturé ; laissez-moi vous embrasser ?

— Sur le front, je veux bien !

Elle s'inclina, reçut le baiser, obligée de se défendre de ses mains pour mettre sa bouche et sa poitrine à l'abri des curiosités et des désirs du vieillard ; puis, après avoir allumé une nouvelle cigarette, elle demanda :

— Vous parliez, cher maître, d'une conduite à tenir ?

— J'y arrive. Olympia, baronne Keulsbergh, est l'ancienne actrice du Théâtre-Français ; vous la connaissez au moins de réputation ?

— Et même de vue ! Mon mari raffolait du théâtre, et nous venions souvent à Paris, M. Mirzal et moi ; il me souvient d'avoir applaudi Mme Olympia...

— Vous la retrouverez un peu engraissée,

mais, la meilleure des femmes ; la preuve, c'est qu'elle n'oublie pas son vieil ami Angelus, et qu'elle va dire des vers de lui au Trocadéro ; si vous avez une occasion, et j'essayerai de la faire naître, rappelez à la baronne ses triomphes d'artiste ; affirmez que si on lui a succédé, on ne la remplacera jamais.

— Chose d'autant plus facile que telle est mon pinion.

— Quant à Mme Champeaux...

— La belle Mme Champeaux ?

— Vous la connaissez aussi ?

— Non ; mais on parle d'elle ; on cite son nom dans les journaux.

— Grâce à bibi ! Excusez-moi, madame ; j'emploie des expressions triviales. L'âge fait pardonner... Oh ! je ne suis pas vieux !... Pour la belle Mme Champeaux, c'est encore très simple. N'ayez pas l'air d'être une beauté rivale de cette beauté ; accordez-lui tout ce qu'elle voudra, une distinction parfaite, des manières exquises, et avec la baronne et Mme Champeaux, vous aurez deux atouts de plus dans votre jeu !

— C'est en somme, cher maître, la fable du *Corbeau et du Renard ?*

— Toute la philosophie de la vie est là, en passant par Lafontaine et en remontant jusqu'à la création du monde...

M. Angelus acheva sa leçon, et, tout d'un coup, il sursauta, travaillé d'un désir :

— Jamais femme ne m'a produit l'impression que vous me causez ; je vous aime, Régina ; je vous aime de toute mon ardeur ! Avez-vous juré de me rendre fou ?

— Moi ?

— Vous êtes glaciale !

Ils restèrent un moment sans parler, elle, accoudée sur la cheminée, souriante et pensive, la cigarette aux lèvres ; lui, violentant sa barbe, les yeux rouges, et il venait à l'homme un furieux besoin de déclarer qu'il n'était pas habitué aux longues attentes, qu'il n'avait qu'à choisir parmi les plus jolies ; il n'était pas allé chercher la femme; elle avait frappé à sa porte en solliciteuse, de son propre vouloir. A sa colère, et malgré sa vanité débordante, se mêlait un peu de l'humaine tristesse qu'éprouvent les vieux à la pensée que leurs amours sont ridicules. Pourquoi la dame lui avait-elle permis, dès la seconde entrevue, d'agir envers elle, presque en toute liberté ? Pourquoi tolérait-elle, sur le divan fameux, ses attouchements ? Pourquoi s'était-elle vêtue aujourd'hui d'une tunique blanche qui rappelait à la fois le péplum, la robe prétexte et la chlamyde, — vêtement destiné moins à faciliter le travail des historiens du costume qu'à faire valoir l'harmonie des formes et la beauté des chairs ?

Régina l'observait, désireuse de continuer son rôle, ne voulant ni perdre le vieillard utile, ni se livrer tout de suite, dans la crainte que l'homme ne l'abandonnât, sans l'avoir servie; elle n'avait encore que des promesses.

— Vous me trouvez donc bien vieux, bien usé, bien démoli ?

— Vous ai-je dit cela ?

— Vous vous tromperiez, chère madame !
Vous vous tromperiez !

Elle éclata de rire, tant il lui sembla comique
en cette affirmation ; mais comme il fronçait les
sourcils, très rouge, prêt à éclater, à se lever,
à partir, elle marcha vers lui, en se dandinant,
pour l'allumer encore.

— Maman ? fit une voix.

Mme Mirzal rebroussa chemin et ouvrit la
porte.

— Mon fils, monsieur Vardoz !

— Le diable l'enlève et vous enlève aussi !
gronda sourdement M. Angelus.

Il embrassa Émile, un blondin à la tête frisée,
et, — tandis que l'enfant jouait dans le couloir
avec La Javotte, accourue pour saluer son petit
maître, et que celui-ci ordonnait à la chienne
de « faire la belle », — il murmura à l'oreille de
la maman :

— Vous êtes jeune et je suis vieux, mais
vous avez des ambitions et j'ai une grande
puissance ; m'aimerez-vous, Régina ?

5.

— Peut-être...

— Je voudrais une réponse plus affirmative :
Madame, pour les vieillards, l'heure est toujours
pressante ; il est généreux et quelquefois habile
de ne pas l'oublier...

— Sur le cul !... Tout beau !... commanda
l'enfant.

Régina tressaillit, car, en ce moment, elle
aussi « faisait la belle », à la manière des
femmes conquises.

Le lendemain, M. Angelus conduisait Mme Mirzal
à travers le jardin et les salons du Palais de l'Industrie ; ils s'étaient donnés, avant le départ, des
marques non équivoques de tendresse, et la
jeune femme marchait triomphalement, appuyée
au bras du maître, déjà enorgueillie des saluts
récoltés, en ce jour de vernissage. Ils admiraient,
critiquaient ; des groupes se formaient autour
d'eux, et, de temps à autre, des hommes disaient : « Bonjour, maître ! » Au milieu d'une
foule divertissante, bien connue, toujours la
même, engouffrée là pour ne rien voir, tout

entière à la parade, les présentations furent rapides : le baron et la baronne Feulsbergh se montrèrent aimables; Mme Champeaux restait froide, mais un compliment bien tourné aurait vite raison de la belle Auvergnate.

Une promenade au Bois suivit la visite au Salon. Dans la calèche ouverte, Régina écoutait le vieillard, qui mêlait aux paroles d'amour des idées d'avenir; elle répondait, et tous deux, leurs ambitions éveillées, ils s'enflammaient d'une ardeur commune. Quand, au retour, ils passèrent près de l'Arc-de-Triomphe, ils se sourirent, heureux de se comprendre : rien ne leur semblait assez beau, ni assez grand; et, dès le soir de ce même jour, après un fin souper à l'hôtel Vardoz, Régina, grise de champagne, toute pudeur en l'air, obligeait le vieil Angelus à déclarer que, de sa vie de libertin, il n'avait rencontré pareille amoureuse.

A quelques jours de là, M. Vardoz reçut une lettre où M. Hippolyte Lousquin l'informait, avec

toutes sortes de ménagements, qu'il lui était
impossible de publier *la Révoltée.*

— Ah ! brigand de journaliste ! Ah ! scélérat
de député ! criait-il... C'est ce que nous allons
voir !...

IV

M. Angelus avait caché à sa maîtresse la lettre de refus de M. Hippolyte Lousquin, directeur de *l'Éclair*, et cette défaite lui semblait d'autant plus intolérable qu'elle menaçait de renverser toutes les assises d'une vie nouvelle. Outre que *l'Éclair* était le seul journal sur lequel l'amant de Mme Mirzal se targuât d'avoir une influence prépondérante et directe, cette feuille politique et littéraire offrait à M. Vardoz les meilleures conditions de premier lancement pour la femme qu'il entrevoyait déjà en l'auteur de *la Révoltée*. Régina se trompait, lorsque, dans sa comédie luxurieuse au dénouement rapide, elle s'imaginait que le vieillard l'abandonnerait, comme il avait fait de tant d'autres créatures, sa fringale passée : aux élans fiévreux succédèrent, en moins d'une semaine, une amitié calme, des raisonnements sagaces ; la jeune femme et son cornac se déclaraient deux forces appelées à s'aider.

— Régina, disait M. Angelus, dès l'heure où je me suis senti une véritable puissance, j'ai cherché la femme de mes rêves pour la conduire sur la *via triumphalis* des vivantes ! Je la voulais jolie, lettrée, aimable, gaie, intelligente, fine, ambitieuse ; aucune de mes trois dernières amitiés ne possède tous ces avantages : La Noretti ? Une danseuse ! Je m'en débarrasse en la mariant ; la baronne Keulsbergh, qui ne manque pas d'esprit, aime son foyer au delà de toutes choses ; la belle Mme Champeaux est une bécasse que je promenais sans but et sans enthousiasme ; mais vous êtes venue, et s'il est trop tard pour planter, il est encore temps de bâtir ! Selon un moderne, l'opinion, en France surtout, a des compartiments où elle classe pour toujours, d'après l'étiquette de leur présentation initiale, ceux de nous qui se dégagent de l'obscurité ;

je veux que l'on vous range de suite parmi les
femmes sérieuses, et c'est pourquoi je tiens à ce
que votre première œuvre paraisse dans *l'Éclair*,
un journal grave...

— Au fond, je ne suis pas grave, moi !

— Je le sais bien ! Qu'importe ! Pour une
femme, être grave ne compte guère ; le paraître
à ses débuts, au moment de l'apposition de
l'étiquette parisienne, tout est là ! C'est comme
une malle qui part, enregistrée. On voit, sur le
parcours, un tas de gens intéressés à faciliter et
à protéger son passage. Classons-nous d'abord ;
amusons-nous ensuite... Oh ! ne vous méprenez
pas sur le sens de ma leçon ; je n'entends point
faire de vous une femme pédante, ni de votre
boudoir une succursale attristée du *Monde où l'on
s'ennuie*. On est las des hôtels à la façon dégé-
nérée de Rambouillet, des dames ennuyeuses qui
discutent sur des chas d'aiguilles, des poètes
chevelus et vieillots qui, pendant toute une soirée,
déclament un beau vers contre dix mille !...
Fini le monde « où l'on pose, où le pédantisme

tient lieu de science, la sentimentalité de sentiment
et la préciosité de délicatesse ; où l'on ne dit
jamais ce que l'on pense, et où l'on ne pense
jamais ce que l'on dit ; où l'assiduité est une politique, l'amitié un calcul, et la galanterie même un
moyen ! » Fini le monde « où l'on avale sa canne
dans l'antichambre et sa langue dans le salon ! »
C'est le vieux jeu ! Aujourd'hui, Régina, les
pontifes de la cravate blanche aiment le plaisir ;
vous serez donc aimable, rieuse, et en même
temps très bien posée avec l'estampille d'un
journal sérieux. Mes amis se diront, tout le monde
se dira, même les gens influents qui s'obstinaient
à refuser les invitations d'un homme seul : Allons
chez Mme Mirzal, puisque l'on s'y amuse, sans en
avoir l'air, tout en gardant les apparences mondaines, sous un pavillon respecté !...

Ce soir-là, vers les six heures, le coupé de
M. Vardoz, qui revenait des courses de Long-
champs, stationnait en compagnie de voitures de
maître et de fiacres, rue Mogador, devant l'hôtel

du journal *l'Éclair*. M. Angelus gravissait l'escalier qui menait à la rédaction et au cabinet du
directeur ; à son approche, deux garçons de bureau vêtus du frac et cravatés de blanc se levèrent, et le plus ancien le pria d'entrer dans le
salon.

— Je suis pressé, fit-il ; annoncez-moi tout de
suite : M. Angelus Vardoz !

— Je connais monsieur, répondit humblement
l'huissier, mais j'ai des ordres... M. le directeur
revient de la Chambre, de la commission du budget, et je crains...

— Vous craignez, vous ! Moi, je ne crains pas !
Pressé ! vous dis-je. Allez !

Tandis que le garçon de bureau se résignait
à obéir, M. Angelus, en complet printanier, la
canne à la main, coiffé de son chapeau gris à
haute forme, la carte du pesage à moitié dissimu-
lée dans le croisement du gilet, ouvrait la porte
du grand salon d'attente et regardait, ne daignant
pas entrer : il y avait là un sous-secrétaire d'État,
un général de division en tenue de bourgeois,

des sénateurs, des députés, des préfets, des conseillers à la cour d'appel, trois chefs de cabinet,
des hommes d'affaires; on parlait à voix basse,
par groupes; on se souriait, sans se connaître,
dans un besoin de protection mutuelle; on dis-
cutait la séance du jour au Sénat et à la Chambre;
quelques voix soupiraient: « Enfin, Lousquin va
être ministre! » M. Angelus haussa les épaules,
referma ironiquement la porte au nez de tout ce
monde, et se mit à arpenter le couloir à longues enjambées; des visiteurs le saluaient au
passage; il répondit d'abord d'un geste familier,
protecteur ou dédaigneux; puis, les saluts se
faisant trop fréquents, il ne salua plus; Paris politique et financier était là, anxieux, devant l'aurore d'un nouveau ministre et l'autorité du journal ami de tous les ministères, du journal grave
aux deux éditions parisiennes, l'une du matin
et l'autre de quatre heures du soir, — et seul,
M. Angelus, « l'homme aux cadavres, » troublait
la solennité de la maison en fredonnant un air
d'opérette. Après s'être amusé aux dépens des

employés du fil spécial et du téléphone, il se
planta sur le seuil d'une porte entr'ouverte pour
regarder la salle de la rédaction, une vingtaine
de journalistes assis autour d'une immense table,
ceux-ci dépouillant l'*Agence Havas* et les feuilles
étrangères, ceux-là morcelant à coups de ciseaux
les confrères de Paris et de la province, les autres
pondant de la copie ; une barbe blanche traduisait
avec des phrases pénibles ses lourdes pensées, et
un mépris soulevait M. Angelus contre ces tra-
vailleurs au mois, à la semaine ou à l'article ; il
se jugeait plus fort qu'eux tous, lui qui ne faisait
rien ; vieillard à barbe blonde, il allait céder à la
fantaisie d'insulter la barbe blanche , d'égayer
l'assemblée d'un lazzi, d'un bonsoir tonitruant
à la Ruy Blas, lorsque l'huissier vint le prévenir
que M. le directeur lui accordait un tour de faveur.

— Alors, tu vas être ministre ? interrogea
M. Vardoz en serrant la main que lui présentait
M. Hippolyte Lousquin, député et directeur de
l'Éclair, un être de taille moyenne à la chevelure blanche soyeuse, au petit nez rose, aux yeux

ronds, vifs, striés de fibrilles rouges, au visage
mangé par des moustaches grises, des poils très
durs, au corps maigre étriqué dans une redingote noire, tout de soubresauts et d'une pièce,
d'une agitation extrême, dégageant l'étincelle de
la pile électrique, la chaleur communicative et
les frissons de la peau de chat des pharmaciens,
— un vieil angora qui, éperdu, au fond des limbes,
trop pressé et peu expert en la matière des
Incarnations-Desmoulinesques, aurait choisi, avec
l'idée de s'y développer, une carcasse d'homme.

— Tu sais ?

— Lousquin ministre ? On ne parle que de cela
sur le boulevard !

— Assieds-toi, Angelus ; vite, ta petite affaire !
Je suis très pris, et d'un moment à l'autre le
Président de la République peut m'appeler à
l'Élysée… Le ministère, nous l'avons soutenu,
mais quel budget, mon ami, quel budget ! Pas
d'assiette ! Il fallait carrément demander les
cent millions sur l'alcool !… Il vivrait encore, ce
triste ministère !… Le sous-secrétaire d'État aux

finances est dans l'antichambre ; je t'ai reçu le premier de tous, qu'est-ce qui t'amène ? Je suis tout à toi ! A la commission du budget...

— Je me fous de la commission du budget, sempiternel phraseur !

— Et moi aussi, parbleu !

— Très bien !... Je te retrouve, vieux sceptique, adorable farceur !

— Voyons, que veux-tu ?

— Je viens pour *la Révoltée.*

— Le feuilleton de ta maîtresse ? Tu n'y penses plus, n'est-ce pas ?... On a dû remettre le manuscrit chez toi ce matin.

— Je sais ; mais tu le feras reprendre ou je te le renverrai.

— Nous sommes bondés pour plus de deux ans !

— Tu te débonderas !

— Quelle plaisanterie !

— Tu te dé-bon-de-ras !

— Vardoz !

— Lousquin !

— Angelus, est-ce que je te refuse quelque

chose, quand cela est en mon pouvoir? Est-ce
que je n'insère pas toujours les comptes rendus
de tes fêtes ? Est-ce que, l'autre semaine encore,
nous n'avons pas donné, sur ta recommandation,
aux nouvelles parisiennes, un écho relatif au mariage d'un général brésilien, et dans le courrier
des théâtres, une note célébrant une Ernestine
quelconque? Toutes ces histoires détonnent dans
un journal aussi sérieux que le mien, et pourtant
je m'exécute de bonne grâce, et ces réclames, qui
ailleurs se vendent fort cher, ne te coûtent pas
un sou...

— Après ?

— Eh bien, tu es assez intelligent pour comprendre que *la Révoltée* est impossible à
l'Éclair...

— Pourquoi ?

— Il y a des passages trop vifs, presque de la
pornographie !

— Oh ! oh !

— De plus, je te le répète, nous avons des
feuilletons reçus, entre autres une œuvre très

remarquable, celle d'un ancien élève de l'É-
cole normale, M. Jules Fabréban ; le pauvre
diable...

— Fabréban, le mendiant auquel j'ai fait remettre cent sous par mon valet de chambre ?

— M. Jules Fabréban m'a conté l'aventure, et
il en résulte que ton domestique s'est mal conduit ; ce jeune homme ne venait point solliciter
une charité ; il voulait te prier de le recomman-
der, et justement auprès de *l'Éclair*.

— Je ne connais pas cet individu !

— Il allait vers toi, comme tant d'autres, au
bruit de ta renommée et de ta bienveillance ; tu
refuses de le recevoir, c'est ton droit, mais le domestique n'avait pas besoin de mentir, ni de
souffleter le malheureux d'une aumône ; M. Fabréban a pris la pièce de cent sous, et il l'a jetée
à la figure de ton valet... .

— Et Anatole n'a pas flanqué par l'escalier le
Fabréban ?

— C'eût été dommage ; il arrivera, ce garçon
plein de talent et d'énergie ; il sait que son œuvre

va passer de suite et que le journal l'annoncera demain matin.

— C'est une « nouvelle » courte ?

— Non, un grand roman qui durera trois mois.

— Il prendra patience, le Fabréban, et l'*Éclair* publiera d'abord *la Révoltée !*

— Tu es fou !

— Le fou est celui qui se perd, parce qu'il ne se gare pas.

— Le comité de lecture a refusé *la Révoltée.*

— Le comité de lecture, c'est toi !

— Tu me désobligerais en insistant... A une autre fois, mon cher Vardoz !...

M. Angelus n'était plus le vieux conseiller galant et jaseur du boudoir de Mme Mirzal : avec sa haute stature, sa barbe de fleuve, son torse nerveux, ses longues mains aux doigts fuselés et aux ongles durs, courbés et polis, pattes de velours, griffes mondaines au repos, et tout d'un coup menaçantes et crispées, il semblait un tigre royal prêt à bondir sur un félin de race domestique ; et, comédien fameux, il souriait en reprenant un rôle dont il restait le créateur et le maître ; il éprouvait une jouissance énorme. Ses yeux éclatants observaient la face du député-journaliste ; puis, ils s'en allaient aux quatre coins de la pièce vert sombre, fouillant les paperasses du bureau noir, les corps de bibliothèques, les casiers, les tiroirs secrets, les rayons supportant la collection reliée du journal, — et ayant éclairé, animé, confessé les choses, le regard s'apaisait, pour la faible créature démasquée, dans une ironie tranquille et féroce.

— C'est du propre ! dit-il en ricanant.

— Retirez-vous, monsieur ! ordonna Lousquin.

— Misérable !

— Sortez !

— Drôle !

— Sortez ou j'appelle !

— Ose-le donc ! J'assemble le monde enfermé dans le salon d'attente, je réveille tes collaborateurs, les barbes blanches de la rédaction, et te saisissant au collet, devant tous, je crie ton histoire !

6

— Du chantage !

— Oh ! que tu sais bien que non, Hippolyte !
Le chantage est l'industrie des filles, des avocats-
marrons et des majors de table d'hôte ; il affecte
des formes banales et grossières, donne ses
rendez-vous en de mauvais lieux ; avec le chantage, on risque son honneur toujours, et la police
correctionnelle souvent ; le jeu du « cadavre »,
lui, demande un doigté spécial ; on ne chante pas
à tue-tête, on vocalise, on gazouille ; c'est l'art
succédant au métier, la civilisation après la bar-
barie, le club et non pas le tripot. On voit venir
M. le commandeur du *Festin de Pierre :* madame
a rougi au bras de son cavalier ; monsieur oublie
de marquer le roi, à la table d'écarté ; celui-ci
frissonne, celle-la pousse un cri, — la chair est
faible ; — mais lorsque M. le commandeur, un
vieux talon rouge, ne s'adresse pas à une cuisinière arrivée ou à un croquant, il fait un signe,
et *l'autre* écoute ! Alors, il parle sans bruit, au son
d'une musique lointaine, aussi doucement qu'un
amoureux à sa maîtresse :

Hippolyte Lousquin, il y a trente ans, tu es venu à Paris de ton Midi, fils de paysans pauvres...

— Je n'en rougis pas !

— Donc, pendant l'hiver de 1855, tu errais lamentable, attendant l'ouverture des églises et des gares pour y dormir. Un soir, tu rencontres l'un de tes compatriotes, le sieur Palerme, un croupier de tripot qui te loge, t'habille, te nourrit ; et, vêtu de noir, d'apparence plus grave qu'un pasteur ou un quaker, riant au fond de toi-même d'une métamorphose provisoire et peu compatible avec ta belle humeur de Gascon, tu frappes à la porte de *l'Éclair*. On ne signe pas dans le journal, et c'est là ta force ! Tu te poses comme l'inspirateur des articles anonymes retentissants ; grâce à une assimilation merveilleuse, tu prends l'esprit de la maison où l'on écrit en cinq cents lignes ce que d'autres journaux content en quarante, et ce que tout le monde a déjà dit en vingt mots ; le directeur, ce grand imbécile de Jovier, s'intéresse à ta fortune ; vous défendiez l'Empire, et l'Empire tombé vous flattez la République ; Jovier meurt, tu entortilles les actionnaires, et l'assemblée générale te décerne la direction. Alors, tu reparais au bon soleil, décoré, sacré par les meilleurs articles du journal dont tu veux bien te laisser attribuer la paternité ; tu cours les réunions, tu bavardes, tu en imposes, et l'on se dit : « Hippolyte, qui était si amusant, est devenu trop ennuyeux pour manquer encore de gravité ! »

— As-tu fini ?

— Pas encore. Depuis quatorze années que tu sièges à la Chambre et que tu diriges *l'Éclair*, tu lèches les bottes de tous les ministres, tu élèves le pot-de-vinat à la hauteur d'une institution patriotique ; tu n'es plus le monsieur boutonné de ta jeunesse douloureuse, mais un vieux débraillé, une façon de bohème qui se rattrape sur le tard de la vie. L'écluse méridionale déborde enfin : au café, on t'entend pérorer ; dans la salle des Pas-Perdus de la Chambre, tes collègues, les dindons de la province et même quelques parisiens, font cercle autour de toi ; chez les ministres,

tu éclates en bons mots, tu te pâmes et te roules
sur les divans de l'État, et chacun demeure ébaubi
de rencontrer un homme aimable et familier dans
la redingote flottante d'un journal si grave ! *L'É-
clair* te rapporte de l'or ; tu es le dernier des
chiens pour tes collaborateurs ; tu ne joues pas,
tu ne fais pas la noce, tu te soûles de bocks, tu
émarges aux fonds secrets, tu es toujours à l'affût
des bonnes aubaines, et, avec le luxe désordonné,
maladroit de ta femme, tu restes toujours besoi-
gneux et pleutre ! Sans le portefeuille que tu
convoites, il te sera impossible de marier tes filles,
à moins qu'une nouvelle cagnotte...

— C'est tout ?

— Chut !... Le commandeur présente le « cadavre ». Entre temps, le croupier Palerme désire
installer un cercle, et il s'adresse au député-jour
naliste puissant auquel un ministre n'a rien à
refuser ; le ministre donne l'autorisation : combien as-tu touché ?

— Et toi ?

— Moi, cinquante mille francs ; toi, cent vingt

6.

mille ! Je possède le relevé exact de tes parts dans la cagnotte...

— Et des tiennes aussi ?

— Naturellement ! Il me serait impossible de tout prouver, car tu payais un homme de paille ; mais en l'absence de l'homme de paille, allumé par la fièvre de l'émargement, tu as eu quelquefois la sottise d'écrire et de signer des quittances au caissier du tripot ; j'ai réuni ces documents, je puis les publier, compère cagnottard ?

Et Hippolyte Lousquin, la sueur au front, la voix sourde et cassée :

— J'ai eu des commencements difficiles, et ce n'est pas à toi de me les reprocher, toi le plus vil des êtres, l'ignoble cornac dont la maison est un bâteau-fleurs !

— Bâteau-fleurs est joli ! tu n'oses pas prononcer le vrai mot ?

— A quoi bon, puisque tu comprends !

— Jésuite en redingote sale ! Crapaud que j'écraserai de ma botte !

Lousquin ouvrit violemment un tiroir et y prit

un revolver ; M. Angelus l'avait deviné, et lui aussi tirait un pistolet de sa poche ; tous deux se levèrent, l'arme au poing ; ils restaient là, immobiles, en joue, sans oser faire feu.

On frappait à la porte.

D'un pareil mouvement, les yeux dans les yeux, ils abaissèrent leur arme et ils se rassirent; Lousquin s'essuyait le visage, M. Angelus allumait une cigarette, et, souriant, gouailleur, très calme, sûr de la victoire :

— Dis donc, Hippolyte, voici une jolie scène, une admirable fin de feuilleton pour *le Petit Journal ?*

— Entrez ! fit le directeur.

Paul Raffün, le secrétaire de la rédaction, un grand jeune homme barbu, soumit à M. Lousquin un article en épreuves ; il voyait bien le trouble du directeur, mais il était trop de la maison pour paraître le remarquer.

Raffün disparu, M. Angelus reprit la parole:

— Que décidons-nous ?

— Vous êtes la cause, monsieur, que je ne

serai pas ministre ! Des personnes importantes me réclament, et je perds mon temps dans une comédie que je n'ose pas qualifier !... J'ai failli vous tuer, malheureux !

— Monsieur l'Anglais aurait voulu tirer le premier, assassiner son bon Angelus ? Tu n'es pas Pierre Bonaparte, et je ne veux pas rejoindre encore le pauvre Victor Noir ; je surveillais tes menottes : tu ouvrais le tiroir, et j'avançais la main vers le camarade qui ne m'abandonne jamais, là, à l'arrière du pantalon, la fausse poche boutonnée très à la mode ; c'est invisible et ça ne gêne pas...

Tel qu'un chien fouetté à la queue basse, Lousquin se remettait peu à peu, désireux d'en finir :

— Vous y tenez donc bien, à cette Régina Mirzal?

— Énormément ! je l'aime, tu l'aimeras, vous l'aimerez tous, elle est adorable ! Elle te servira à l'occasion !

— En somme, je n'ai rien signé avec Fabréban.

— Tu vois !

— Il a ma parole, mais il n'y a pas d'écrit.

— C'est comme s'il n'avait rien ?

— A la rigueur, oui ! Mais si je publie *la Révoltée*, j'exigerai des coupures !

— On coupera !

— Je ne saurais tolérer certaines descriptions d'alcôve !

— On supprimera !

— Le prix ?

— Madame Mirzal n'est point exigeante.

— Alors, rien ?

— Vieux pingre ! Quand un journal ne paye pas, la marchandise est dépréciée.

— Trois sous la ligne ?

— Bien ! J'écrirai une petite introduction, n'est-ce pas ?

— Je n'en vois pas du tout l'utilité.

— Ça me ferait plaisir ! Cinquante lignes de présentation ?

— Va pour cinquante lignes...

— Tu nous annonces dans le numéro de demain ?

— Entendu !

— *La Révoltée*, par Régina Mirzal ; préface de moi ; j'entre chez Raffün et nous rédigeons le boniment d'usage.

— Angelus, je sais ton autorité sur Olympia ; je ne serais pas fâché de voir le baron...

— C'est facile !

— Il s'agirait de fonder *le Petit Éclair ;* ministre ou non, j'attache une grande importance à ce nouvel organe.

— Je te ferai déjeuner avec le baron un de ces jours, et je te présenterai en même temps Régina Mirzal.

M. Angelus serra la main du directeur, et le plus ancien des huissiers introduisit gravement M. le sous-secrétaire d'État aux finances.

V

Il n'était pas encore cinq heures du matin, lorsque Jules Fabréban descendit les six étages du petit logement qu'il habitait rue Lepic avec sa famille, et vint guetter, boulevard de Clichy, l'ouverture des kiosques de journaux ; il souriait, tremblait de désir. Enfin, une marchande parut ; elle était accompagnée d'un homme à casquette, et tous deux ployaient sous le faix de grands papiers dont quelques-uns semblaient avoir été imprimés avec du cirage.

— *L'Éclair ?*

— Pas encore, monsieur ; le porteur va venir...

Fabréban se dit qu'il trouverait plus loin, et de kiosque en kiosque il reçut la même réponse : le journal ne faisait pas de services à l'abonnement, il ne voulait pas de comptes, il vendait ferme et ne reprenait jamais les bouillons ; l'acheteur pressé eut l'idée de se rendre rue Mogador, à l'administration de *l'Éclair ;* il n'avait point en poche, ni chez lui, le prix d'une voiture ; l'aller et le retour à pied exigeraient trop de temps.

— *L'Éclair ?*

— Voici, monsieur.

— Eh bien ! et les trois sous ?

— Pardon, j'oubliais...

Il paya, parcourut la première page, et brusquement il pâlit et trembla. Tout en pliant ses journaux, la marchande dévisageait le lecteur, et ce grand maigre en vieux chapeau à haute forme et en redingote râpée ne lui disait rien de bon ; elle songea tout de suite aux assassins de filles qui terrifiaient Paris et décuplaient la vente des petites feuilles ; une frayeur parut dominer sa gratitude. La vendeuse allait prévenir les deux agents de police en train de bavarder sur le trottoir ; elle étouffa un cri, arrêta un geste ;

elle voyait deux larmes rouler des yeux du jeune homme et elle sentait en son lard de pauvresse un peu du grand froid qui traversait l'inconnu et le tenait la bouche ouverte, blanc comme un mort.

— Une mauvaise nouvelle, mon pauvre monsieur ?

— Oh ! oui !... fit-il avec un gros soupir d'enfant.

Et il s'éloigna, essuyant ses pleurs.

Le printemps avait été tardif, mais la nature prenait sa revanche, et les arbres du boulevard travaillaient, frémissaient et craquaient de tous leurs bourgeons verts. A ce ferment de vie, à cette odeur de sève, sous le ciel bleu vibrant d'oiseaux, Paris laborieux s'éveillait avec le courage de vivre ; au bruit de la chaussée retentissante, ébranlée par de lourds camions, les boutiques s'ouvraient une à une ; les concierges, les garçons de café donnaient du balai sur le devant des portes ; çà et là, dans l'encadrement des fenêtres, de grosses blondes en camisole éta-

7

laient leurs grâces ; d'autres femmes se lavaient
peignaient les petits, des hommes se faisaient la
barbe, et tout ce monde humait avidement l'air
frais pour chasser les émanations malsaines de
la nuit. Des employés hâtaient le pas ; de toutes
les rues voisines débouchaient des troupes d'ouvriers qui se dirigeaient vers les fabriques de
la rue de Dunkerque et la grande fonderie de
canons de l'avenue Trudaine ; puis, trottinaient
des ouvrières, celles-ci alanguies, la démarche in-
certaine, celles-là babillardes et enchantées de
leurs amours, d'autres toutes gentilles, en robe
unie, l'allure vive et capricieuse, la chair aiguil-
lonnée par la puberté.

Après avoir failli se briser la tête contre une
voiture, Fabréban marchait, sous la huée des
cochers de la station ; il n'y voyait plus, se heur-
tait aux maisons, aux bancs, aux arbres, trébu-
chait au moindre obstacle ; vingt fois, il suivit le
chemin de la rue Lepic, et toujours il rétrogra-
da. Que dirait-il là-haut ? La veille de ce jour,
il était revenu tout joyeux du journal *l'Éclair*;

il rapportait une promesse formelle. M. Lousquin lui avait dit: « Vous serez annoncé demain ! » Et au lieu de son nom et du titre de son œuvre il lisait :

« Nous commencerons dans huit jours la publication d'un nouveau roman :

LA RÉVOLTÉE

Par Mme Régina MIRZAL.

« Ce roman est le début d'un jeune écrivain appelé au plus grand avenir. Des considérations philosophiques et sociales de l'ordre le plus élevé ne font que mieux valoir la puissance et le charme du drame ; c'est une œuvre qui passionnera. Empressons-nous d'ajouter que notre cher maître et ami M. Angelus Vardoz, toujours si dévoué aux jeunes, veut bien écrire une préface où il présentera à nos lecteurs l'écrivain de *la Révoltée.* »

La publication de l'œuvre de Jules Fabréban, ce n'était pas, comme pour la maîtresse de

M. Angelus, une velléité de gloriole, une envie de panache, les assises d'un salon galant, un sexe mis en lumière ; il s'agissait de loyers arriérés, de la possibilité de manger en travaillant toujours, il s'agissait de l'existence de quatre personnes. Avec la bonne nouvelle, la promesse du directeur de *l'Éclair*, les larmes s'étaient taries, les lèvres d'une femme aimée refleurissaient d'un sourire, deux petites filles de quatre ans, deux sœurs jumelles, ne pleuraient plus ; oublieux des années terribles, un lettré se dressait, plein de courage et de foi en l'avenir, et on venait de jeter tout cela par terre.

— Les misérables ! gémissait Fabréban. Et Lousquin m'avait donné sa parole d'honneur ?... Hier encore, il me comblait d'éloges ! Que s'est-il donc passé ? A-t-on le droit de se moquer de la sorte des malheureux ! Régina Mirzal ? Qui est-ce ? Angelus Vardoz ! Lui, toujours lui !...

Il frissonnait, la moustache hérissée, si abattu, si défait, si triste avec ses grands yeux mouillés, que des ouvriers du fer qui le virent ainsi le

prenaient en pitié, devinant un immense malheur,
l'une de ces effroyables injustices qui, au jour
des revanches, arment les martyrs et appel-
lent des flammes et du sang. Toute sa vie
défilait devant lui, en un panorama rapide. Il se
revoyait, fils de petits propriétaires de la Cha-
rente à peu près à leur aise et tout d'un coup
terriblement gênés par les ravages du phylloxera ;
il était venu à Paris pour préparer les examens
de l'École normale ; au concours d'agrégation
d'histoire, il remporta la première place ; dans
un intervalle de quelques mois, un double deuil
l'avait frappé : son père et sa mère étaient morts.
Le père Fabréban ne laissait pas un sou, ruiné en
mille expériences destinées à combattre l'ennemi
des vignes. Avant de se consacrer au professorat,
Jules Fabréban avait tenu à accomplir son service militaire, il était officier de réserve ; nommé
au lycée de Grenoble, il obéit à son cœur, et il
épousa, lui, sans fortune, une institutrice du
pays ; le jeune ménage vivait heureux. Indépen-
damment de ses cours, le professeur d'histoire

faisait au théâtre de la ville des conférences re-
marquables sur la Révolution française ; on jugea
ses théories dangereuses ; le proviseur, le recteur,
les inspecteurs généraux, le ministre enfin, lui
adressèrent des observations ; il avait conscience
de ne pas outrepasser son droit, et il ignorait l'art de dire autre chose que ce qu'il pensait ;
on en vint à s'attaquer à ses cours, à espionner
ses classes ; les élèves indignés se révoltèrent :
il essayait de les calmer, on l'accusa d'avoir sus-
cité la révolte. Le Conseil supérieur de l'Instruction publique eut à délibérer sur les faux rapports
exigés par le ministre aigri, et le grand maître
de l'Université, un avocat ignare, un ex-phraseur
et buveur de chopes du quartier latin, incapable
d'apprécier l'intelligence et les sacrifices de
toutes sortes que nécessite l'enseignement, n'hésita pas à briser une carrière, et il déshonora
encore une fois la République en révoquant le professeur libéral. Fabréban se rendit à Paris pour
faire du journalisme ; il collaborait à un journal
qui gagnait de l'argent, mais dont le directeur, en-

graissé avec les annonces et les réclames, payait
mal et le plus rarement possible les rédacteurs
nouveaux et timides ; il y eut une belle faillite à
l'heure opportune, et le jeune homme perdit huit
mois de collaboration. Les dernières économies
s'épuisaient. Le normalien avait l'âme trop haute
pour implorer un secours de ses anciens camarades ; il dut se résigner à donner des répétitions ; entre le rabâchage des versions latines
et des discours latins du baccalauréat, la nuit
surtout, il écrivit une œuvre qui s'appelait
très simplement : *Un Bourgeois*. Une petite
ville grouillait là, au milieu d'un décor pitto-
resque et vrai ; et le plus curieux de l'aventure,
c'est que les types et leurs mœurs étaient expli-
qués, d'après la méthode d'une philosophie
neuve, par l'analyse même des ancêtres et l'histoire locale des vieilles coutumes. Le héros —
pour ne citer que celui-ci — descendait d'une
famille de marchands de bœufs ; mais avant de
le former, l'essence qui le créa s'était manifestée
à travers les âges : elle disait en lui les supersti-

tions d'un pauvre diable de l'année de la Peur, la joie d'un serf devenu un homme, la religion de la terre, la volonté d'agrandir son bien d'un paysan, le coup d'œil d'un braconnier, les airs d'importance d'un bailli, l'humeur galante d'un coq de village, l'amour des cachettes, la religion des louis d'or de toutes les grand'mères économes, l'effroi des batailles d'un aïeul veuf de ses fils, les bontés et les roueries des commerçants de bestiaux, — dérivés multiples d'une essence première, confondus pour l'épanouissement d'un bourgeois de France. En somme, l'auteur d'*Un Bourgeois* démontrait que l'homme ne varie pas et qu'il retrouve les éléments de ses passions dans sa ligne ancestrale.

Ce roman dramatique et d'analyse patiente convenait admirablement à la clientèle du journal de M. Lousquin. Tous les éditeurs auxquels s'adressa Fabréban refusèrent ce livre, et Fabréban continua son infernal manège : le jour les répétitions ; la nuit, le labeur personnel, un roman nouveau, des études historiques ; il ne pouvait recevoir ses

élèves dans le taudis de la rue Lepic, et il courait
le cachet à la pluie, au vent, au froid; il était
robuste, très robuste, il tomba malade; ses vêtements avaient vieilli avec sa figure, et le normalien n'osait se présenter chez personne. Henriette,
sa courageuse femme, qui possédait encore une
robe propre, chercha des leçons de français et de
piano; elle n'en trouva pas tout de suite et elle
reprit des travaux de broderie, tandis que le professeur écrivait des abrégés d'histoire. Malgré
tant de courage, l'homme et la femme mouraient
de faim pour ne pas priver leurs petits; c'est
alors que, tout pareil en ceci à Mme Régina Mirzal,
Fabréban s'était décidé à voir Monsieur Angelus,
ce Monsieur Angelus dont les journaux chantaient les louanges, ce Monsieur Angelus dont le
nom planait sur Paris dans une atmosphère de
grandeur d'âme et d'espérance; il sortait, le
rouge au front, de l'hôtel Vardoz, lorsque, près de
la gare Saint-Lazare, un jeune homme s'était
écrié : « Fabréban ! » il avait répondu : « Galtier ! » et ils s'étaient embrassés. Florentin Gal-

7.

tier, un ancien camarade de l'École normale,
reprochait doucement à son copain d'avoir douté
des amis, le forçait à accepter un peu d'argent, et
se chargeait de présenter lui-même le manuscrit
d'*Un Bourgeois* à *l'Éclair*.

Quand, après la vision troublante de son existence de malheur, Jules Fabréban se dressa dans
un suprême effort, ayant marché sans savoir où
il dirigeait ses pas, il se trouva en face de l'hôtel
Vardoz. Les assassins reviennent, dit-on, involon-
tairement sur le théâtre de leur crime; parfois aussi les victimes rejoignent les criminels
que la lâcheté des hommes encense et pro-
tège; le pauvre écrivain n'était pas un justicier.
Une honte le laissa là; n'avait-il pas sollicité
l'appui de **M. Angelus**? Sans doute, il comprenait
bien à l'annonce de la préface de **M. Angelus**
que celui-ci ne restait point étranger à la publication du roman de **M**^{me} **Mirzal**; du reste, que dire?
Sa fureur aurait toutes les apparences d'une vexa-
tion, d'une jalousie; il ne pouvait raisonnablement
se plaindre de ce que **M. Angelus** accordât à une

femme, à un confrère ami, ce qu'il refusait à un inconnu.

Certes, il se présenterait au journal, il demanderait impérieusement des explications ; mais il n'était que sept heures, et M. Lousquin ne recevait pas avant dix heures ; le normalien songeait à Florentin Galtier, qui avait fait certainement tout ce qu'il pouvait ; il devait de l'argent au camarade d'école, il n'osait plus l'ennuyer de sa misère. Une idée de suicide tonna dans son cerveau et il tressaillit encore d'un grand froid ; le souvenir de sa femme et de ses filles lui revint. Que feraient-elles, toutes trois, sans lui ? Il se dirigea vers la rue Lepic.

Assise devant la lucarne d'une petite chambre meublée d'un lit, d'une couche d'enfant, d'une armoire à peu près vide et de chaises boiteuses, Henriette travaillait aux robes de ses filles, Lucie et Marguerite, deux jumelles de quatre ans, qui dormaient dans le même berceau.

Un printemps mort, cette jeune et grande brune autrefois jolie et rieuse, aujourd'hui voûtée comme

une vieille femme, avec des joues maigres et des
cheveux presque blancs; au souffle du malheur,
les roses de ses lèvres se changeaient en pâles et
sinistres violettes; les mains fines s'étaient ridées
et meurtries dans les lessives et les durs lavages
du linge de la maison, et pourtant, depuis la
veille, ce corps se redressait, un rayon d'espoir
animait, égayait ce douloureux visage, et les yeux
noirs brillaient de douces flammes. Henriette avait
eu d'abord des inquiétudes au sujet du retard de
son mari, puis elle s'était rassurée dans un beau
rêve : Jules trouvait chez la concierge, dédai-
gneuse pour les locataires du sixième menacés
d'expulsion, une lettre urgente du journal, et il
se rendait aussitôt à *l'Éclair*, sans avoir le temps
de remonter les étages; il lui réservait une surprise, il corrigeait ses épreuves : le numéro du
soir contiendrait le premier feuilleton du roman;
elle sentait ça, elle l'entendait, une voix très
douce le murmurait à son oreille. L'aiguille fi-
lait entre ses doigts de fée, et sous les yeux con-
tents, les crevasses des mains s'évanouissaient;

la maman avait rajeuni les robes des fillettes avec
des ingéniosités extraordinaires : ici, un plissé
né des doublures ; là, des floques gracieuses ; tout
autour, des garnitures coquettes, bouts de galon,
passementeries et velours arrachés aux vieux costumes, aux anciens chapeaux, et voilà des robes
de petites princesses ! L'aiguille venait de s'arrêter et le regard de la jeune femme s'assombris-
sait.

— Rien ! dit Fabréban.

— Demain !

— Oui, demain, c'est cela, demain ! Tu as
deviné, Henriette !

— Comme tu es pâle !

Jules tira le journal de sa poche, le déplia, et le
tendant à sa femme :

— Lis !

— C'est mal, cela ! C'est très mal !

Il marchait, se cognait aux murs ; Henriette
eut peur, l'arrêta au passage et le baisa au front.
Il se dégageait de l'étreinte :

— Nous n'avons plus de pain, n'est-ce pas ?

— Non... mais...

— Lousquin me donnera une avance; il est impossible qu'il refuse, et je vais à *l'Éclair* !

— Repose-toi un peu.

— Il faut que nos petites aient du pain !...

Le directeur de *l'Éclair* raconta que, par suite d'une combinaison indépendante de sa volonté, il avait dû céder un tour de faveur; *Un Bourgeois* suivrait *la Révoltée;* M. Lousquin levait l'audience.

— Monsieur le directeur, balbutia Fabréban, vous m'obligeriez... Le moindre acompte...

— Non, cher ami; ce n'est pas dans les usages de la maison...

— Monsieur...

— Inutile !

— Nous sommes...

— Vous me désobligez en insistant; on vous donnera quelque chose le jour où *l'Éclair* commencera votre feuilleton.

— Monsieur le directeur, je vous en supplie ?

— Assez, monsieur ! Et si vous croyez devoir m'ennuyer encore, il vaut mieux reprendre votre manuscrit tout de suite !

— Vous m'aviez donné votre parole !

— Je n'ai rien signé !

— Vous...

— Rien signé !

— C'est une infamie !

— Monsieur, je ne suis pas habitué à être traité de la sorte !

M. Lousquin sonna ; un huissier parut.

— Auguste, reconduisez monsieur ; vous lui rendrez à la porte, seulement à la porte, le manuscrit d'*Un Bourgeois*, que vous irez prendre au secrétariat de la rédaction.

Le romancier leva la main sur le directeur de *l'Éclair*, mais celui-ci évita la gifle en pliant le dos.

— Monsieur, considérez-vous comme souffleté ; j'attendrai vos témoins ! cria Fabréban.

— Vous pouvez les attendre, sous l'orme ! vous comprenez ? sous l'orme !...

Fabréban rentrait dans la chambre où sa femme achevait d'habiller leurs enfants, des brunettes frisées comme les anges des tableaux religieux.

— J'ai insulté Lousquin, et Lousquin m'a fait remettre mon manuscrit par un valet.

—- Malheureux !

— Tu me blâmes ? demanda-t-il, après avoir conté la scène.

— Non ! répondit Henriette en se jetant au cou de son mari.

— Assez de misère, la mort !

— Tais-toi !

— La mort ! Oh ! je les étranglerai, ces drôles, M. Angelus le premier, car j'ai appris par un rédacteur du journal que M. Angelus s'était moqué de moi dans la salle de rédaction. Et le directeur n'a rien signé ?... Nos petites meurent de faim !... Je vais descendre sur le boulevard et tuer quelqu'un !

— Jules ?...

— Nous n'avons pas faim, papa ! murmuraient les fillettes tremblantes.

— Vous mentez, mesdemoiselles !

— Mais elles vont manger, affirma Henriette, qui mettait son chapeau.

Jules empoigna sa femme à bras-le-corps :

— Où vas-tu ? Où allez-vous, madame ? Je vous défends de sortir !

Elle dressa la tête pour braver l'injurieux soupçon qu'elle lisait dans les yeux de l'homme.

— Pardon, mon Henriette, pardon, ma courageuse ! Pardon !... Quel esprit ténébreux m'envahit et commande ?

Henriette avait roulé et ficelé deux draps, les avant-derniers ; elle s'achemina vers le Mont-de-Piété, forte de la croyance que les enfants sont les meilleurs gardiens d'un père malheureux.

Fabréban jouait avec ses fillettes, et tour à tour Lucie et Caroline lui donnaient ces jolis « baisers à la pince » que tous les papas connaissent bien : les doigts mignons mordent les joues, on lâche prise, et dans un rire vainqueur le baiser s'incruste et pénètre.

Brusquement, le père se mit à marcher, en faisant des grâces.

— Attention ! dit-il : M. Angelus rencontre Régina !

Il présentait le bras à une femme imaginaire et il fredonnait :

> Ne permettrez-vous pas,
> Ma belle demoiselle,
> Qu'on vous offre le bras
> Pour faire le chemin ?

Jules battait la mesure, et les petites le suivaient rieuses, car il était très amusant ; il chantait à tue-tête :

> Saluez ! saluez ! saluez !
> C'est l'amour qui passe ;
> Saluez ! saluez ! saluez !...

Lucie et Caroline commençaient à avoir peur, mais elles se rassurèrent ; le papa se dirigeait vers une flamme de soleil qui descendait de la lucarne ; Fabréban acclama cette visite de l'astre rayonnant dans toute sa gloire.

— Salut, monsieur Angelus ! Votre très humble serviteur !

Il eut un geste pour imposer silence, et, le chapeau à la main, il prit l'attitude recueillie du paysan de Millet ; puis il imita le tintement de l'*Angelus* :

— Tin !... Tin !...Tin !... Tin !... Tin !... Tin !...

Maintenant, en bras de chemise, Jules découpait au rasoir le manuscrit d'*Un Bourgeois ;* il jetait en l'air les mille débris, et cela s'éparpillait encore dans une romance :

> Valsez, valsez, comme des folles,
> Pauvres feuilles, valsez, valsez !...

Il criait, gueulait, imitait encore un son de cloche, non plus le doux *Angelus* matinal qui résonne à travers la campagne et mêle sa chanson aux piaillements joyeux des alouettes, mais un tocsin étourdissant, la clameur ronflante, plaintive et lugubre qui réveille un peuple et le met en marche contre l'incendie.

Il tenait toujours le rasoir et, devant une glace

ébréchée, il se faisait la barbe à sec ; tout d'un coup, il se balafra horriblement le visage ; à la vue du sang, Caroline et Lucie versèrent des larmes et poussèrent des cris ; il se donna une grande entaille à la gorge et tomba. Les fillettes affolées essayaient d'ouvrir la porte ; elles ne le pouvaient pas. Alors, toutes deux, à genoux auprès du corps, avec leurs petits mouchoirs et des linges mouillés, elles épongèrent le sang, apportèrent le coussin du lit et parvinrent à y dresser la tête défaillante ; elles ne pleuraient presque plus, elles étaient très graves :

—Papa ?... Papa ?...

Il les entendait, leur souriait des yeux ; mais il restait incapable de répondre, vivant déjà d'une partie de lui-même dans les régions aux atmosphères inconnues.

Mᵐᵉ Fabréban entrait : elle n'était pas seule ; le normalien Florentin Galtier, avait lu *l'Éclair*, et il accourait, indigné.

—Ah ! les brigands !... criait Florentin, la face livide.

— Jules?... implorait Henriette.

Fabréban était mort.

On l'enterra, le surlendemain, à midi, à l'heure même où un excellent déjeuner réunissait à l'hôtel Vardoz les premiers admirateurs de Mme Régina Mirzal.

VI

Toute la femellerie de M. Angelus était aux abois : le maquignon de femmes désertait le marché ; les coulisses des théâtres, les loges d'actrices et de danseuses, les promenoirs des Folies-Bergère et de l'Éden, le hall des cirques, les cabarets galants, retentissaient de plaintes, et un vent de tristesse gémissait et pleurait sur la haute mousse parisienne. Le vieux libertin qui, depuis tant de saisons, recrutait chaque nuit une fille à lancer, — demoiselle en forme ou mignonne en sa verte nouveauté, comme disait Ronsard, — avait fini par trouver son chemin de Damas ; il s'absorbait dans l'éducation de Mme Mirzal. Corps de ballet, comédiennes, divas, divettes, horizontales grandes et petites, s'indignaient à la queue

leu leu de voir leur Angelus conduisant toujours
et partout la même femme, sans donner aux anciennes les saluts paternels et aimables, la poignée
de main, le baiser furtif et le clignement d'œil qui
encouragent, au milieu de la lutte pour aimer et
briller ; quelques-unes se taisaient, les autres, plus
hardies, interrogeaient M. Maxime Boucailles :

—Angelus a-t-il perdu la tête? Bouc, rends-
nous notre Angelus !

Le grand Bouc n'avait pas le temps de s'associer
à toutes ces douleurs, et, le pied léger, il rôdait,
observait, découvrait des astres, dénouant une
aventure, en cherchant une nouvelle, semant
l'or, les yeux éblouis par le mirage des constel-
lations. Ce minotaure en habit noir et à la barbe
rousse était le plus généreux des amants de passage et le meilleur des hommes ; après la mort
d'une femme adorée, seul au monde, il voulut se
tuer, et puis le dédain absolu des êtres et des
choses l'emporta dans une fringale vengeresse
pour lui seul, une fringale où le talonnait, sous le
masque du rire, une névrose effrayante. Et ce

qui, mieux que des larmes et un deuil hypocrites, prouvait les regrets du vieillard, son affliction profonde, la plaie cachée, le mépris de la vie, c'est que jamais M. Boucailles n'interrompait sa marche d'errant du plaisir : nouveau Tantale, et Tantale millionnaire, il récoltait des femmes, ainsi qu'un amoureux cueille des fleurs ; mais, à l'encontre du jardinier d'amour, il ne formait pas de bouquet ; il s'étourdissait avec les jupes, les payait, les renvoyait aussitôt, et reprenait son voyage éternel ; il s'ennuyait dans ses riches appartements du boulevard Saint-Germain, il s'ennuyait partout, et partout sa gaieté maladive débordait. Il aimait les arts, il protégeait les artistes, au lieu de les voler à la façon de M. Vardoz, du bon Angelus marchand de tableaux, qui s'imaginait tromper Boucailles et traitait le connaisseur comme s'il se fût agi d'un ignorant, d'un Brésilien, d'un simple da Queiroz-Leão ; Bouc avait des manières exquises d'obliger les dames ; il trouvait un moyen discret de rendre service à un ami dont il ignorait — on le sait —

les mystères ; il achetait les croûtes, sauf à les reléguer ensuite vers des endroits peu compromettants pour sa collection. La nuit, lorsque déjà l'étoile pâlissait, que la fille remettait ses bas, l'amateur fumait des cigares en parcourant sa magnifique galerie, aux clartés lunaires des lampes électriques, et c'étaient là ses seules et véritables ivresses.

Un matin, il reparut à l'hôtel Vardoz.

— Eh bien, Angelus ?

— Ah ! si tu savais ! Régina est une femme supérieure ! As-tu suivi *la Révoltée ?*

— Pas encore.

— Voici la collection de *l'Éclair ;* tu refuses ?

— Je préfère attendre le volume.

— Jette au moins un coup d'œil sur le premier feuilleton de *la Revoltée ;* je t'en supplie, ne pars pas sans lire...

— Père La Réclame, va !

— Et ma préface, hein ?

— Très jolie !

— L'allusion au naturalisme ?

— Ravissante !

— Lousquin a été épaté !

— Alors, elle te tient pour tout de bon, Mme Mir-zal ?

— Elle me tient ?... C'est-à-dire... Enfin, nous nous aimons beaucoup ; elle a été un peu timide, l'autre jour, au déjeuner ; mais quand tu la con-naîtras mieux, tu verras ! C'est une femme...

— Supérieure ?

— Oui !

— Tu as l'air diablement « vanné », Angelus ?

— Vois-tu, Bouc, je rêvais d'une Régina ; mon rêve est exaucé, et pour Régina on oublie toutes les autres femmes !

— Ces dames s'en plaignent.

— Qu'elles aillent se faire... Ah ! Régina !... De l'esprit, du bagout, du brio, et puis...

— Et puis ?

— Un tempérament !

— Euh !...

— Un tempérament ! La Noretti ne lui monte pas aux mollets, parole d'honneur ! S'il y avait

une maison d'hommes, Régina Mirzal n'en sorti-
rait pas !

— Fichtre ! Elle va te tuer, malheureux !

— Je me réserve et je la ménage.

— Heureux scélérat !

— Bouc ?

— Mon vieux ?

— Je voudrais te montrer un tableau que le
Brésilien a lorgné ; passons dans la galerie...

— Je déjeune à la campagne, et je crains d'être
en retard...

— Angelus est toujours franc ; il a besoin de
quelques fafiots de mille, une dizaine, et si tu
peux lui faire cette avance aujourd'hui... sur le
tableau, bien entendu !

— Je t'enverrai la somme...

— Excellent Boucailles ! Tu sais, *l'Éclair* est
toujours à la disposition d'aousté !

La gouvernante et Anatole commentaient le
changement d'allures de leur maître ; ils servaient là, tous deux, depuis quinze ans, et la
place était bonne ; M. Vardoz payait irréguliè-

rement les gages, mais on se rattrapait sur les
achats de provisions, de concert avec le chef de
cuisine.

— Monsieur se range! Moi, je dis que monsieur se range! déclarait le valet de chambre,
celui-là même qui avait si bien éconduit le
pauvre Fabréban.

— Imbécile! ripostait Mme Eulalie ; triple sot,
vous appelez cela se ranger ?

— Monsieur rentre à minuit, monsieur couche
seul, monsieur ne reçoit, le matin ou dans la
journée, qu'une seule femme ; à part le déjeuner
de l'autre jour, monsieur n'invite à sa table
que Mme Mirzal, monsieur ne dîne que chez
Mme Mirzal.

— Mais, c'est notre perdition ! Vous ne comprenez donc pas, grand agneau, que cette
Mme Mirzal prend toute autorité sur monsieur, et
que, si telle est sa fantaisie, elle peut nous flanquer à la porte ?

— Zut, alors !

— Oui, Anatole, c'est ce qui vous pend aux

favoris ! Mon Dieu, si M. Angelus devait faire la bêtise, autant épouser la danseuse !

— Mme Mirzal a de la monnaie.

— Vingt mille francs de rentes, et qui appartiennent à son fils, une belle foutaise pour monsieur !

— Monsieur passera son caprice.

— Il se mariera !

— Il ne se mariera pas !

— Si !

— Non !

— C'est vous qui l'en empêcherez, peut-être, monsieur Anatole ?

— Il ne me fait pas toucher son biceps, madame Eulalie !

— Taisez-vous, serin !

— Celle qui palpe le biceps aura plus d'influence.

— Assez, animal !

Le valet de chambre allongeait les deux panaches de sa barbe :

—Si monsieur épouse, on sera gracieux pour madame, voilà tout !

— Est-ce qu'elle voudrait d'un coureur de maisons, d'un saligaud tel que vous ?

— Madame Eulalie !

— C'était bon pour la grosse Emmeline des Variétés, une grue, une pouffiasse que vous bombardiez au saut du lit.

— A l'époque où vous-même, madame la gouvernante, éreinticz monsieur.

— Allez faire les salons, Anatole !

Souvent, ils se querellaient ainsi pour la frime, et quelquefois le turc Jozim écoutait ses collègues, sans les comprendre, car il restait encore dans l'ignorance du moindre langage ou jargon français ; Anatole se vengeait sur Jozim des épithètes de la gouvernante, et il plaisantait agréablement l'eunuque-masseur.

— Avec toi, un marié peut dormir tranquille, n'est-ce pas, Jozim ?

— Peki Effendi.

— Tu es toujours aussi bête, Jozim ? Toujours aussi cheval, Jozim ?

— Peki Effendi.

— Quelle cruche !

— Au grand salon, monsieur Anatole !

— On y va, madame Eulalie !

— Au cabinet de toilette, Jozim ! Astiquez l'appareil à douches et la baignoire, Jozim ! Que tout cela rayonne !

— Peki Effendi.

Mme Mirzal avait son jour le mardi, et, d'après la leçon et sous le commandement de M. Angelus, l'écrivain de *la Révoltée* se livrait à ses premières escarmouches. La réunion comprenait le baron et la baronne Keulsbergh, M. et Mme Champeaux, M. et Mme Lousquin et leurs deux filles, M. Boucailles, M. Paul Raffün, secrétaire de la rédaction de *l'Éclair*, et le général comte da Queiroz-Leão, dont le mariage était imminent. Un tout petit cénacle, la répétition d'une comédienne entre intimes : il fallait bien jeter les semences des moissons futures.

M. Hippolyte Lousquin, écarté à la dernière heure de la combinaison ministérielle, se préparait à une opposition violente et à des chantages multiples ; mais, en attendant le portefeuille, il se déclarait émerveillé de sa nouvelle collaboratrice, assez aimable pour faire subir à son œuvre les amputations nécessitées par la clientèle du journal ; le député-journaliste témoignait aussi une grande amitié à M. Vardoz, qui venait de le mettre en rapport avec le baron, sur le terrain du *Petit Éclair* à fonder ; sa femme, Mme Adélaïde, saisissait toutes les occasions de se produire, elle et ses filles, Eléonore et Nathalie ; Olympia, cœur ardent et généreux, s'était prise d'une vive sympathie pour Mme Mirzal. Quant à Mme Champeaux, elle hésita d'abord à rendre la visite de l'auteur de *la Révoltée* ; M. Angelus lui fit comprendre que la situation de la veuve riche était absolument correcte, et bientôt une harmonie s'établit entre les deux femmes : loin de lui disputer le prix de la beauté, Régina se mit à glorifier le visage de la dame en termes si poétiques et si doux, que l'Auvergnate n'en avait jamais entendu de pareils; aux éloges du malin bas-bleu, comme sur un pivot, tournait la belle tête de Sidonie de coiffeur.

On venait là, on faisait des ragots.

M. Angelus ne désirait pas que le cercle s'élargît, en cette fin de saison ; il ménageait ses forces et celles de sa créature pour l'entrée de l'hiver, lorsque, à l'apparition du volume, toutes les bouches de la Renommée clameraient ce joli nom : Régina Mirzal. Avec une patience de vieil instituteur, il éduquait la bourgeoise, lui dévoilait tous les rouages et les dessous du monde parisien, il meublait ce cerveau des phrases spirituelles qu'il avait apprises dans les livres ; il riait de la naïveté de la Normande, au sujet des vices fameux de Sodome et de Gomorrhe, des Lesbos modernes, c'est-à-dire de Londres, de Berlin, de Pétersbourg, de Vienne, de Madrid et de Paris, en un mot de toutes les capitales de l'Europe ; il en riait doucement, de crainte de la blesser ; il parlait cette fois moins pour instruire la femme que pour la péné-

trer et la connaître toute, s'identifier avec ses
appétits, ses dispositions naturelles, et bien savoir
de quel côté, vers quel horizon il devait guider
les premiers pas de la charmante veuve.

Régina sortait au bras de son cornac ; au théâtre, au cirque, on la lorgnait, et des voix d'habits
noirs murmuraient au passage :

— Voici Mme Mirzal !

Quelqu'un ajoutait toujours :

— Avec préface d'Angelus !

Elle savait danser, mais à la provinciale ; il lui
donna un excellent professeur ; il se remettait à
danser lui-même, et le jeune Émile était de la
petite fête ; elle prenait aussi des leçons d'équi-
tation ; M. Vardoz lui fit acheter un cheval de
selle qu'il logea dans ses écuries, et, le matin,
tous deux galopèrent au Bois : M. Angelus « avait
de la culotte », et Régina était gracieuse en son
amazone noire, ses cheveux ramenés en torsades
dorées, sous un chapeau à haute forme, la lèvre
amoureuse et le rire au vent.

Mme Mirzal éprouvait d'autant plus de gratitude

que M. Vardoz ne la fatiguait pas de ses amours
séniles ; il se contentait de quelques câlineries,
craignant moins les excès pour lui que pour la
jeune femme, et il la ménageait, la dorlotait, la
pomponnait, plein des tendresses d'un éleveur
qui rêve de grandes foires ; vraiment Régina
ignorait ce qu'il pouvait bien attendre d'elle.

M. Angelus avait remarqué l'émotion que sa
maîtresse produisait sur le baron Frédéric Keulsbergh ; il observa les allures du financier ; il le vit
distrait, se cachant de sa femme, essayant de lutter
contre lui-même, et en présence de cette révélation,
il changea son plan de campagne. Il n'était pas de
ces stratégistes encroûtés dans la routine, qui
perdent une bataille, parce que, disent-ils ensuite,
les cartes d'état-major ou les éclaireurs les ont
trompés — en réalité, parce qu'ils n'ont pas l'esprit de décision, la force de renverser leurs
échafaudages et d'opposer à tout incident un système immédiat. M. Angelus désirait former le
salon de Mme Mirzal, un salon politique et aimable,
littéraire et joyeux, un salon mixte ; il pensait

que bien des personnes, à la fois craintives pour les bals masqués d'un homme seul et pour les solennités ennuyeuses des hôtels de Rambouillet, n'hésiteraient point à se rendre aux invitations d'une femme jolie et amusante, marquée au sceau d'un journal grave ; dans ce milieu nouveau, le cornac verrait grandir son influence et son crédit, il ne songea pas à autre chose jusqu'au jour où l'idée d'une passion chez le baron Keulsbergh vint jeter par-dessus bord cette noble entreprise.

Le marieur d'Olympia connaissait le baron et la rage de luxure de l'Alsacien; il avait vu à l'œuvre la tête rouge carrée dans sa lutte contre un grand seigneur amoureux de la comédienne, et il s'était créé des ressources en favorisant la tête rouge.

— Que va-t-il arriver ? se dit-il. Tôt ou tard, le baron me soufflera Mme Mirzal, et moi, que deviendrai-je ? Si je la lui vendais ? Hum !... Non !

A dater de ce moment, il activa sa surveillance ; il se mit entre les regards de Keulsbergh et les yeux ignorants de la dame, sans éveiller toutefois l'attention de la baronne ; il fit en sorte que le

9

baron ne put jamais parler en cachette à Régina ; celle-ci ne soupçonna rien de la comédie qui se jouait autour d'elle, et le banquier, se croyant méprisé, essaya d'étouffer ses désirs. M. Angelus était un philosophe de l'alcôve ; il estimait que chez les vieillards sensuels la mort seule est capable d'anéantir un germe amoureux bien enfoncé ; il voyait dans l'amour du mari d'Olympia un amoncellement de poudre : on éloigne la mèche pour se garer et placer en même temps sur la trouée quelques énormes pierres ; on met le feu à son heure, et l'explosion, plus lente, devient plus terrible et plus féconde.

Enfin, M. Angelus écoutait l'orage grondant : il se sentait inquiet pour la vie fastueuse que soutenaient encore les ventes de tableaux et les aumônes déguisées d'Olympia et de Boucailles ; et si la baronne et le grand Bouc venaient à disparaître ? Sans doute, l'étoile de la danse, la future comtesse brésilienne volerait, en faisant des pointes, au secours de son entremetteur ; déjà, le général da Queiroz-Leão avait gratifié le cornac

d'un superbe diamant, et le cornac espérait tirer
autre chose du brésilien ; mais, en admettant que
l'ex-danseuse de l'Opéra se montrât aussi recon-
naissante que l'ex-comédienne du Théâtre-Français, leurs efforts réunis seraient impuissants à
combler le gouffre de deux millions de dettes ;
avec le choix des comparaisons, il n'y aurait
jamais, sur le terrain desséché et avide, que des
arrosages, au lieu de la pluie torrentielle nécessaire.
L'hôtel du boulevard Malesherbes était couvert d'hypothèques, et le Crédit Foncier, las des atermoie-
ments et des mensonges de M. Angelus, oublieux
des annuités, menaçait d'exécuter le débiteur ;
parmi la foule des créanciers, on rencontrait quelques individus plus furieux que les autres et bien
drôles : l'hiver passé, quatre ou cinq bonshommes
groupés en syndicat avaient secrètement payé les
frais des soirées mondaines de l'hôtel Vardoz, afin
de permettre à M. Angelus de vendre des tableaux
entre une valse et un cotillon, et de solder ainsi
tout au moins les intérêts de leurs lourdes
créances ; le cornac maquignonna ses toiles, sans

donner un sou aux payeurs de violons ; le syndicat familial criait à l'abus de confiance, et il
voulait saisir le Parquet des éléments d'une cause
étrangement grasse ; la neuvième chambre serait
étourdissante. Au souffle des calamités prochaines, une angoisse envahissait M. Vardoz ;
et l'homme à la belle barbe se voyait délaissé par
ses femmes, méprisé des amis, obligé de s'en
aller, lui vieux, de dégringolade en dégringolade,
tenir un métier infâme chez une matrone, car on
ne l'accepterait pas, même au dernier tripot,
comme major de table, profession qu'il raillait si
agréablement, dans son rôle de commandeur jouant
du cadavre.

Sur les prières de sa femme, le baron abandonnait au vieil ami d'Olympia quelques épis
dorés de ses luxuriantes récoltes de la Bourse,
récoltes plus favorisées que celles des blés, car
on les moissonne en toutes saisons, de par la
hausse et la baisse ; il ne raflait pas le champ, il
pensait à la glaneuse, à la pauvrette de la tombée
du soir — ainsi que Dieu l'ordonne aux cultiva-

tours ; et loin d'éprouver la moindre gratitude pour les bienfaits de Mme Keulsbergh, le cornac se disait qu'il serait autrement fort, si une créature à lui harponnait le financier d'une main robuste et savante ; alors, il n'aurait plus besoin des débris des miséricordieux, et il viendrait peut-être, en frère aîné, au partage de la moisson.

La gouvernante avait vu juste du premier coup, malgré les réflexions de cet imbécile d'Anatole : M. Angelus voulait épouser Mme Mirzal ; il rendit ses visites plus fréquentes au salon et au boudoir du boulevard Haussmann, il combla de jouets le petit Émile, s'en fit un ami, il se montra généreux pour les servantes, il caressa la chienne, La Javotte ; et tout ce monde, depuis la maîtresse, l'enfant, la domesticité, jusqu'à la bête, se mit à chérir le cornac. De son côté, Régina, qui semblait avoir deviné les intentions matrimoniales du vieux monsieur, dont elle aimait le luxe et dont elle appréciait l'influence, agit de même avec le personnel de l'hôtel Vardoz ; Mme Eulalie revint de ses défiances, Anatole s'enthousiasma de plus belle et Jozim exprima par des gestes sa satisfaction d'avoir un jour une maîtresse, une dame si jolie et si aimable ; il aurait voulu, peki effendi ! — la masser pour l'art. En dehors du baron Keulsbergh, M. Angelus trouvait un motif impérieux de hâter ses fiançailles, car le tempérament de la jeune veuve l'effrayait ; il redoutait une sélection amoureuse, la soudaine arrivée d'un mâle, et moins évidemment à cause de la honte qui, pour le commun des maris et des amants, s'attache à ces sortes d'aventures, qu'en raison de l'autorité possible d'un gêneur.

Le 1er juillet, le soir même des noces du général brésilien et de la danseuse, tandis que les époux bienheureux partaient en voyage, M. Angelus passait la soirée, en tête à tête, chez Mme Mirzal ; ils travaillaient ensemble à la correction des épreuves de *la Révoltée*, l'éditeur faisant composer le livre au fur et à mesure de la publication des rez-de-chaussée de *l'Éclair* ; la veille de ce jour, ils s'étaient rendus au palais du Trocadéro, à la fête des Inondés du Midi, et la maitresse avait acclamé la baronne Keulsbergh dans un sonnet du platonique amant; l'heure de la déclaration ne pouvait être plus favorable.

— Régina, je vous aime tant que j'ai peur de vous avoir créé une situation fausse ; mes ambitions personnelles sont mortes ; je les croyais mortes, du moins : elles n'étaient qu'endormies, et elles se réveillent pour vous, et n'était la crainte d'un refus pénible, je vous demanderais à genoux d'être ma femme ?

Elle se leva, fit venir son fils :

— Émile, veux-tu que M. Vardoz soit ton papa ?

— Mais oui ! mais oui ! J'aime bien tonton Angelus ; il me donne des joujoux, et puis il a une belle barbe !

— Il a prononcé ! dit-elle, en se drapant majestueusement dans son péplum.

Et le vieillard et la jeune femme parlèrent de l'avenir.

Après leur mariage, célébré en grande pompe, et dont les témoins furent, pour madame : le ba-

ron Keulsbergh et M. Lousquin, et pour monsieur :
MM. Boucailles et Champeaux, le vieil Angelus et
sa jeune femme, unis et bénis par l'évêque *in par-
tibus* de Zanzibar, se rendirent à Brighton, en
compagnie du petit Émile.

VII

Novembre touchait à sa fin, et M. et Mme Vardoz, de retour d'un long voyage sur les côtes anglaises, trônaient en leur hôtel du boulevard Malesherbes. *La Révoltée* avait paru au commencement d'octobre, *la Révoltée*, dont *l'Éclair* disait que vingt mille exemplaires vendus n'épuisaient pas le succès. Dans le cours des deux semaines qui précédèrent l'apparition du volume, on vit le cornac descendre de coupé ou de calèche, gravir les étages des rédactions de journaux, visiter les directeurs, implorant ceux-ci, faisant peur à ceux-là, payant les autres, un peu tout le monde, selon l'importance des publicités ; des critiques s'extasièrent sur le talent du nouvel écrivain et sur la consécration du préfacier, le mari de l'auteur. Il

9.

y eut un beau tapage ; une seule plume se permit
de troubler le concert des félicitations et des enthousiasmes, celle de M. Florentin Galtier, chroniqueur de la vieille et puissante *Revue des Lettres
françaises ;* l'ancien élève de l'École normale avait
vengé le pauvre Fabréban, et malgré les réti-
cences obligatoires à la revue, la morsure était
telle pour la dame et son compagnon, que tout
autre que M. Angelus se fut levé ; M. Angelus ne
se leva pas : il trouva même de belles phrases sur
les jalousies des confrères.

Mᵐᵉ Vardoz avait encore sa femme de chambre ;
bientôt, elle reconnut la supériorité de la gouvernante, le dévouement et la discrétion de Mᵐᵉ Eulalie ; on ne renvoya pas Fanchette, mais on la
relégua aux travaux de l'office, avec la mission
de conduire et de ramener le petit Émile, qui entrait en septième au lycée Condorcet. Mᵐᵉ Eulalie
s'entendait à laver, à doucher, à frictionner sa
dame, car elle assistait aux manipulations de
l'eunuque Jozim, du masseur distingué auquel
Madame, par une incroyable pudeur et contraire-

ment aux désirs de Monsieur, refusait encore de
se livrer toute nue.

Fière des acclamations de la presse, Mme Vardoz
voulait écrire un nouveau roman, la suite, la con-
clusion naturelle et sociale de *la Révoltée*, l'ex-
posé et l'analyse des droits de la femme ; M. Lousquin l'y encourageait, tout en la priant de se
montrer moins galante, moins dix-huitième siècle ;
des abonnés de la province avaient crié. Le mari
crut devoir retarder les élans du bas-bleu :

— Ne te fatigue pas, chérie ; la gloire viendra
toute seule ; si elle ne vient pas, je sais où elle
est, j'irai la chercher. Imite les écrivains arrivés :
un livre tous les ans, jamais plus, de crainte de
se vider.

— Je songeais à réunir en volume des nouvelles de jeunesse ?

— Les nouvelles se vendent mal ; repose-toi !

A l'insu de Régina, les papiers timbrés pleu-
vaient à la maison. M. Angelus souffrait de la
physionomie rageuse du baron Frédéric Keulsbergh ; aussi, le baron était trop bête, il n'avan-

çait pas, bien qu'on lui laissât le champ libre ;
il riait jaune, ignorant sans doute l'art de parler
amoureusement le langage des yeux, des genoux
et des poignées de main ; M. Angelus ne pouvait cependant pas le porter dans le lit de sa
femme.

Ce mardi-là, — Régina gardait son jour de
five o'clock tea du veuvage, — une assemblée
mondaine se pressait dans l'un des salons de
l'hôtel Vardoz, où, d'après la mode, on formait
des apartés : devant la haute cheminée brillante
de tisons, Olympia, Mme Lousquin et ses filles,
MM. Champeaux, Boucailles et Raflün ; à droite,
sous le regard d'une Diane de marbre blanc,
Mme Louise Champeaux et la comtesse Bianca
da Queiroz-Leão ; à gauche, entre des verdures et
entourée de M. Lousquin, de deux sénateurs et
de quatre députés, la maîtresse de maison, chaussée
du cothurne, vêtue d'une robe athénienne, de la
coupe habituelle qu'elle inventa, mais non plus
blanche, d'un bleu tendre, en harmonie avec la
couleur de l'appartement.

— Messieurs, je voudrais bien rendre la politique aimable ! déclarait Mme Vardoz.

— Ce sera facile, madame ; vous êtes si aimable, si intelligente ! répondait le directeur de
l'Éclair.

Et les autres de s'incliner.

Dans l'embrasure d'une fenêtre, M. Angelus et
le général causaient.

— Mossié Angélouss', jé vous souis parfaité-
mentt' récounaissantt', ainsi qu'à madamé Vardoz,
d'avoir accepté chez vo ma fâme, la dansouse
qu'on méprise aillours.

— Général, nous avons beaucoup de sympathie pour la comtesse.

— Vo, ouais !... J'adoré Pariss', j'aimé folle-
mentt' cet' vil', et voulountiers, j'ai rétardé moun
rétour à la prouvinc' de la Espiritou-Santo.

— Vous avez raison, mon cher comte, vous
nous manqueriez !

— On faisait biène sans moâ avant.

— Moins bien ; les artistes ne l'ignorent pas.

— Cé qui n'empèché point quéqué journauxx'

de mé baptiser rastaquouerr, à causé dé moun
train, dé mes bagues, dé mes attélages, dou louxe
dé ma pétite fâme ; les journaux né soun pas espi-
ritouels coumo les mourales doun nous avoun
parlé, oun soir à l'Oupéra ; ils sount envioux, méchantt' !...

— On fera taire les journaux !

— Rastaquouerr ? Ouais ! Boun rastaquouerr,
jé vous assoure, céloui qui donné à manger aux
pintres, aux escoulptours, aux répourters, à tout cé
moundé qui a les dents loungues, très loungues,
des ross' qui me dévoureraient, si elles pou-
vaientt !

— Vous exagérez !

— Anefin, moun cher Angélouss', Bianca et
moâ soumes des tourtériaux, et des amis tels que
vo counsoulent dé tout lé restant !

Anatole vint annoncer :

— Monsieur Le Tulipier !

Au même moment, le baron Keulsbergh s'approcha de M. Angelus. Déjà, M. Oscar Le Tulipier avait salué Mme Vardoz, il avalait une

sandwich et prenait place, en face de la cheminée, au milieu du groupe des dames. C'était un petit vieux maigriot en redingote noire, cravaté de blanc, chaussé de souliers plats, tête chauve, nez pincé, menton glabre, yeux clignotants, bouche graisseuse d'une luxure maladive; il portait une décoration rouge violet, la Légion d'honneur et les palmes académiques ; il bavardait, les jambes croisées, et tout le temps ses mains velues agitaient et brossaient, dans un tic nerveux, les côtelettes grises de son visage jaune : on eût dit de la tambourinade silencieuse des pattes de lapins qu'on voit manœuvrer sur les tambours crevés des enfants ; mais le verbiage du maniaque rachetait amplement sa pantomime grotesque.

Le baron toucha du coude M. Angelus :

— Est-ce que ce bavard de Le Tulipier va encore ennuyer nos femmes ?

— Le Tulipier, ancien conseiller à la cour d'appel, mais, baron, il est très décoratif !

— Décoratif, je le veux bien ! Vous avouerez aussi qu'il est assommant ?

— Je ne dis pas le contraire !

— Ni moâ non plous ! fit le Brésilien. Lé Tou-
lipier ennouyeux, fortémentt !

— Pas dangereux, baron, pas dangereux pour
un sou ! conclut Vardoz.

Régina offrait des tasses et des sandwichs, et
les demoiselles Lousquin, Éléonore et Nathalie, des
brunettes au visage frais et aux yeux noirs très
profonds, aidaient madame à faire les honneurs ;
Paul Raffün, secrétaire de la rédaction de *l'Éclair*,
ne perdait pas de vue Éléonore, et un jeune
homme blond à monocle qui venait d'entrer,
Mᵉ Maurice Heurteaux, avocat à la cour d'appel,
souriait à Nathalie.

— Double mariage en perspective ! souffla
M. Angelus à sa femme, en passant rapidement.

La maîtresse de maison allait et venait, attentive aux présentations de son mari, ayant une
parole courtoise pour les étrangers, mettant tout
de suite à leur aise les nouveaux venus, se que-
rellant d'une manière gentille avec les sénateurs,
les députés et les journalistes, ornant la politique

et la littérature de phrases mondaines ; elle vantait au Brésilien l'esprit, la tenue et les bijoux de l'ex-danseuse, elle s'intéressait au costume et à la fillette de Mme Chanpeaux, ainsi qu'au répertoire glorieux et aux deux garçons d'Olympia, des amis de son fils ; elle se lançait dans un grand éloge des demoiselles Lousquin, tout près de Me Heurteaux et de Raffün ; elle était là, des hommes enviée, devant son directeur :

— Croyez-vous que je devienne une force ?

— J'en suis sûr, madame.

— Alors, mon cher monsieur Lousquin, vous ne regrettez pas d'avoir accepté ma collaboration politique ?

— Très heureux !

— Vrai ?

— Parole d'honneur !

— Je vous enverrai un nouvel article ; pas un mot à mon mari !

— Pourquoi ?

— M. Angelus m'ordonne le repos.

— Momentanément ?

— Je l'ignore ; je ne comprends plus M. Vardoz ; j'aurais tant de plaisir à vider tous ces
gens-là, vos collègues et les autres.

— Et moi ?

— Vous aussi ! Combien a donné le baron pour
la fondation du *Petit Éclair* ?

— Cent mille francs ; mais j'ai demandé un
nouvel apport à Keulsbergh.

— Il a refusé ?

— Oui.

— Que voulez-vous que j'y fasse ?

Puis c'était le tour de Mme Lousquin, une brune
à la gorge abondante, chamarrée d'un riche costume en faille vert d'eau :

— Vous ne serez pas jalouse, madame : nous
causions politique, mon directeur et moi.

— Politique amusante ! fit le directeur.

— Amusante ? Les beaux farceurs ! murmura
Boucailles.

Mme Lousquin allongea le cou, étala ses grâces
et d'un ton pénétré :

— Madame Régina, vous êtes une délicieuse emme !

— Ne le criez pas si haut, madame Adélaïde ; e suis la collaboratrice littéraire, oh ! seulement littéraire, de votre journal, et l'on croirait que lous nous entendons...

— Pour nous « raser » quelquefois, ça c'est vrai ! soupira encore le grand Bouc.

Le directeur de *l'Éclair* et M. Angelus se promenaient bras dessus bras dessous :

— Si le baron arrose *le Petit Éclair* de cent mille, c'est toujours vingt mille pour toi.

— En actions, comme au premier versement d'août ? Je n'y tiens pas !

— On s'arrangerait.

— Nous verrons cela.

— Et Champeaux ? Et le Brésilien ? Et Boucailles ?

— Nous verrons !

— Il faudrait fonder une nouvelle société en commandite.

— Tout est dévoré ?

— A peu près !

— En quatre mois ! Tu roules bien, Hippolyte !

— Nous nommerions Keulsbergh président du
conseil d'administration ; je resterais directeur,
bien entendu ; quant à toi, je te ferais admettre
comme administrateur.

— J'aimerais mieux de l'argent ferme ; j'aimerais mieux te voir ministre.

— De l'intérieur ?

— Des finances ! Avec le gâchis, c'est une for
tune !

— Angelus ? cher Angelus ?

— Je te connais, va !

— Arrosons le journal d'abord...

M. Le Tulipier était assis auprès de Mme Vardoz
il rapprochait son fauteuil de celui de la dame
frôlait ses jambes contre la robe, cherchant le
cuisses ; la chaleur de Régina lui paraissait très
douce, elle entrait en lui ; son regard clignotai
de ravissement et ses doigts battaient les touffe
grisâtres de ses joues, lorsque la main du baroi

Keulsbergh se posa sur son épaule, et si brusquement qu'il tressaillit.

— Bonsoir Le Tulipier !

— Pardon, baron ; je ne vous avais pas aperçu.
Vous allez bien ?

Les deux hommes, qui s'étaient serré la main,
se regardèrent, et une flamme de haine brilla dans
leurs yeux.

— Et vous ?

— A merveille !

— Vous ne souffrez plus de votre tic ? Ah !
vous battez encore du tambour ?

— Frédéric ?... intervint charitablement Olympia.

— Le Tulipier sait bien que je m'amuse !

— Il est des plaisanteries, monsieur...

En présence de l'attitude bienveillante des
dames, Le Tulipier continuait à déverser sur
l'auditoire un déluge de calembredaines, il adorait
les calembours, citait les nouvelles à la main
des journaux, des farces d'ateliers, d'almanachs et
de cirques, des réponses grotesques de prévenus

à la Correctionnelle , et parfois la phrase s'arrêta
net, au milieu de la période, la mâchoire resta
entr'ouverte, la lèvre inférieure détendue, mai
un effort des poumons, un jeu de la langue arc
boutée et un coup du menton en galoche rétablis
saient le mouvement, huilait un peu le ressort, e
la source coulait de plus belle : c'était là le bon
homme que M. Vardoz, ami d'une douce gaieté
jugeait insignifiant pour sa femme et très déco
ratif au five o'clock.

Le baron se retira furieux, et l'ancien magis
trat, déjà familier de la maison, accepta l'invita
tion à dîner de Mme Vardoz, à la grande colère d
M. Angelus.

— Il n'y a pas de ma faute, disait la dame
son mari ; je l'ai invité : il a répondu oui, tou
de suite ; nous ne pouvons pas le renvoyer !

Le lendemain, à trois heures, le baron Frédéri
Keulsbergh ordonna au valet de chambre de
l'annoncer à Mme Vardoz, qui se trouvait seul
à l'hôtel ; M. Angelus, en effet, était sorti pour
affaires, et même il avait eu la précaution déli-

cate de prévenir sa femme qu'il ne rentrerait pas
avant six heures.

Keulsbergh attendait auprès de la cheminée du
salon, et comme la jeune femme tardait à paraître, il se mit à feuilleter des albums, des livres,
des journaux, des revues ; il y avait à la fois un
grand embarras et une vivante angoisse dans
cette tête aux cheveux rouges ; le visage rond et
glabre se crispait douloureusement, surtout aux
commissures des lèvres, et les yeux, sous le
cristal du lorgnon d'or, jetaient des lueurs fauves.
Le banquier était entré là, sans prendre le temps
d'enlever sa pelisse ; il refermait les albums, s'éloignait du foyer, lorsque Mme Eulalie ouvrit une porte
communiquant aux appartements de sa maîtresse :

— Madame prie monsieur le baron de ne
pas s'impatienter, elle va venir ; monsieur doit
avoir bien chaud ; veut-il me permettre de le dé-
barrasser de sa fourrure ?

— Volontiers !

La gouvernante s'empressait : Keulsbergh lui
glissa entre les mains une poignée de louis :

— Vos petites étrennes, Eulalie, et bientôt l
grandes !

— Monsieur le baron est mille fois trop a
mable.

Mme Vardoz donna un shake-hands au ma
d'Olympia et ils prirent place, en face l'un (
l'autre, le vieillard en pleine clarté et la jeun
femme tournée contre la lumière, telle qu'u
médecin à sa consultation. Un écran de plumes (
colibris à la main, Régina s'éventait, gracieuse
fière en son péplum couleur d'un beau ciel.

— Madame, dit le baron, je vous remerc
d'abord de me faire l'honneur de me recevoi
bien que ce ne soit pas votre jour ; vous doute
vous de l'objet de ma visite ?

— Ma foi, non !

— Soyez franche. Vous devinez ?

— Non !

— Vous m'auriez épargné, madame, les prél
minaires terribles où tous les hommes pataugen

— N'êtes-vous pas toujours le bienvenu, mo
cher baron ?

— Alors, une question indiscrète, voulez-vous ?

— Si je puis la satisfaire, je ne demande pas mieux !

— Comment une femme de votre beauté et de votre esprit peut-elle se laisser courtiser par ce cuistre de Le Tulipier ?

— M. Oscar Le Tulipier ? Moi ? Oh ! baron ! fit-elle en haussant les épaules.

— Vous me rassurez.

— J'en suis fort aise, monsieur !

— Ne vous moquez pas, madame…

— M. Le Tulipier ? Pourquoi celui-ci et pas les autres ? Pourquoi pas M. Boucailles, ou M. Lousquin, ou le général da Queiroz ?

— Lousquin est tout à la politique et à son journal ; Boucailles, à ses tableaux et à ses danseuses ; le brésilien adore sa femme.

— Vous aimez la vôtre, baron ?

— Je l'ai aimée beaucoup, madame, et depuis…

10

— Tant pis ! car Olympia est digne de votre amour !

— Laissons, je vous en prie, ma femme de côté.

— Et M. Le Tulipier ; si nous revenions à M. Le Tulipier ?

— Madame Le Tulipier est vieille ; Oscar cherche, et à tort, j'imaginais...

— C'est-à-dire qu'un galant homme outrageai une honnête femme d'un vilain soupçon ?

— Je ne recommencerai plus, et si vous le voulez bien, nous oublierons les absents, pour ne parler que de nous : de vous qui êtes belle, et de moi qui vous aime. Vous m'écoutez ?

— Oui.

— Vous êtes distraite ?

— Votre langage est extraordinaire, monsieur !

— Il faut donc que je brûle mes vaisseaux ?

— Si telle est votre fantaisie...

— Madame, ce n'est pas aujourd'hui que j

commence ma campagne amoureuse ; au moment
de votre mariage, un désir m'entraînait vers vous ;
j'ai lutté ; votre mari...

— Il a été décidé, monsieur, et par vous-
même, que les absents ne reviendraient pas de
quelques minutes.

— Je ne voulais point médire de Vardoz ; attaquer un mari en courtisant sa femme est un rôle
indigne ; je désirais seulement... Allons, il est
préférable que je me taise à l'endroit d'Angelus, n'est-ce pas ?

— Certainement !

— Avant de vous connaître, madame, j'étais
heureux avec ma femme et mes enfants ; et jamais, entendez-moi bien, jamais, je n'ai trompé
Olympia.

— Elle ne vous a pas trompé non plus, j'en
jurerais !

— Moi aussi ! Pendant votre voyage de noces,
je sentis revivre la flamme que vous avez allumée ; vous étiez en Angleterre ; Olympia et

moi avions projeté une excursion sur les bords
du Danube, et je changeais l'itinéraire pour
vous rejoindre et vous suivre partout, sans oser
avouer mon amour ; il est vrai que ma femme
nous gênait considérablement...

— Baron, vous remercierez Olympia de ma
part.

— Ne raillez pas, madame ! Si vous aviez devant vous un libertin, au lieu d'un homme empoi-
gné pour la seconde fois, et plus violemment que
la première, par une passion irrésistible, ce libertin aurait trouvé l'occasion de parler ; j'ai essayé
de me vaincre, j'ai souffert, j'ai pleuré ; il y a
huit mois que je souffre et que je pleure ; je ne sais
plus me mettre à genoux et je pense que les vieillards sont ridicules quand ils singent les jeunes
amoureux. Madame, c'est l'hiver qui salue et im-
plore le printemps : il vous demande l'aumône
d'un sourire?... Vous me rendrez au moins cette
justice que, sous les dehors d'une brutalité où
vous devez seulement voir l'explosion d'une
grande douleur, je délaisse les misérables moyens ;

vous reconnaîtrez que, tout le premier, je me suis interdit la moindre allusion à celui dont vous portez le nom. Dois-je espérer ?

— Monsieur, Olympia est mon amie, vos enfants sont les amis de mon fils, et cette double raison suffirait à me mettre à l'abri de votre amour, si je n'entendais rester contre tous une honnête femme. Mais, baron, je vous garde une reconnaissance infinie de ne pas m'avoir terrorisée avec les révélations inutiles sur le compte de M. Varloz ; je vous remercie encore d'avoir eu la délicatesse d'essayer de m'obtenir, sans m'écraser d'un sermon de boutiquier retraité et millionnaire. Eh bien, vous m'oublierez ; nous rendrons, l'un et l'autre, nos visites plus rares, et un jour nous nous retrouverons, comme par le passé, bons camarades ; voyons, cela ne vaut-il pas mieux ?

— Tout me charme en vous et je vous aime, Régina !

— Baron, vous me blessez en insistant ; vous me blessez plus que vous ne sauriez le croire.

10.

— Vous me haïssez donc bien, madame?

— Ah! que les hommes sont bien tous les mêmes! Dès qu'une femme refuse de se déshonorer en répondant à leurs vœux, ils ne voient plus rien chez cette femme, ni amitié, ni estime : tout est mort!

— Vous réfléchirez, madame.

— A quoi?

— A ceci : madame Vardoz deviendra bientôt la maîtresse aimée et respectée du baron Keulsbergh.

— Quelle présomption, mon cher monsieur! Et combien la première attitude du bon Alsacien m'inspirait plus de sympathie! Achetez-moi; offrez la somme, tant que vous y êtes; vite, baron, la cote en Bourse de Mme Régina Vardoz?

— Madame Vardoz réfléchira! Je me retire; au revoir, madame.

— Adieu, monsieur.

— Non, au revoir!

— Non, adieu!

La déclaration du baron Keulsbergh tombait
l'autant plus mal à propos que Mme Vardoz avait,
lepuis quelques jours, un amant qu'elle adorait ;
:e même soir, elle écrivit :

Personnelle.

A MONSIEUR FLORENTIN GALTIER,

rédacteur à la *Revue des Lettres françaises*,
rue de Naples.

Demain, trois heures, chez toi. Il me tarde !...

Mille petits becs de ta R***.

VIII

Après avoir rendu les derniers devoirs à
Jules Fabréban et obligé la malheureuse veuve
à accepter quelques secours, Florentin Galtier
voulut aussitôt chercher querelle à M. Lousquin
et à M. Vardoz ; mais des camarades auxquels
il conta l'aventure, le mensonge du directeur
de *l'Éclair* et l'intervention déshonnête de
M. Angelus, l'empêchèrent de donner suite à
son projet ; on lui démontra les inconvénients
qui résulteraient de l'offense d'un jeune à des
vieux ; on lui fit surtout entendre qu'il serait
maladroit et très en dehors des habitudes parisiennes de se poser en matamore avec un prétexte dont la raison évidente ne tarderait pas
à éclater. Florentin partit pour l'Allemagne, et

à son retour à Paris, à l'heure même où M. Vardoz lançait le livre de sa femme, il écrivit dans
la *Revue des Lettres françaises* un article qui
souffleta le cornac et son client ; il comptait sur
un duel, et il pria même deux amis de se tenir
à sa disposition ; M. Angelus et M. Lousquin
ne se battaient jamais.

Florentin Galtier était entré à l'École normale,
simplement pour s'instruire. A la mort de son
père, le jeune homme, riche de cinquante mille
livres de rentes, possesseur d'actions de la *Revue
des Lettres françaises*, obtint en ce journal
une situation que son talent imposait ; sa mère
et sa sœur habitaient un grand appartement,
place de la Madeleine ; il vivait auprès d'elles,
et pas aussi fréquemment que les dames l'eussent
désiré, car, peu tourné vers le mariage, et respectueux du logis, il possédait une ravissante
garçonnière dans la rue de Naples. Ce Florentin
à la chevelure noire crépue, ce méridional pari-
sianisé, un peu froid à l'abord, avec un soupçon
du « Kant » anglais, souvenir lointain d'une an-

cètre femme qui fut Anglaise, — Florentin, ce beau
mâle au torse d'athlète, aux moustaches brunes
et cavalières, au regard tour à tour énergique et
luisant à faire trembler les hommes, amoureux et doux à ravir les femmes, ce millionnaire
savant comme un bénédictin, plus galant qu'un
mignon, pétillant et mousseux comme un Ri-
varol et un Chamfort, cet heureux de la vie que
se disputait le dessus du panier de tous les
mondes, gardait le souvenir des compagnons
d'études : les maîtres dispersés aux quatre coins
du pays s'en allaient pétrir les cerveaux des gé-
nérations futures, semer la lumière, et au prix
de quels efforts et parfois de quelles ingratitudes !
Le littérateur à la verve gauloise filtrée au tamis
parisien savait ces choses, et pour les professeurs obscurs des lycées et des collèges, son
amitié, grandie par le respect, devenait presque
une religion ; des colères le soulevaient contre
les injustices ; il avait défendu Fabréban ré-
voqué ; il secourait les confrères misérables ; il
était très fort à l'épée et au pistolet, de taille

à assommer un malotru d'un coup de poing ;
nullement querelleur, nullement envieux, il
n'abusait pas de ses biceps, et il les utilisait
quelquefois pour rétablir le droit des faibles ;
il assistait en duel ses anciens camarades,
des journalistes, sans le moindre souci des
opinions politiques ; un tel avait passé par
l'École, et cela lui suffisait, et il accourait plein
d'un orgueil et d'un besoin de solidarité frater-
nelle. Les procès des journaux et des livres l'indignaient, la condamnation d'un lettré le frappait dans sa personne : il s'étonnait qu'on en
fut encore là, sous la troisième République ; il
n'établissait pas de distinction entre les Jésus
d'aujourd'hui et les Barrabas, Jésus de demain,
entre les vieux auteurs et les jeunes littéra-
teurs ; il n'abandonnait aucune victime à Pilate ;
même à l'égard des écrivains dont les théories
lui semblaient hasardeuses, il estimait que le
public demeure le souverain juge, il invitait les
magistrats à se tenir en dehors des agitations
littéraires, et ayant émis son opinion désin-

téressée et hautaine, il restait comme cette bonne femme qui apportait de l'eau pour éteindre l'enfer, afin, disait-elle, qu'on aimât Dieu pour lui seul.

La presse parisienne valait mieux que sa renommée : on y rencontrait beaucoup de gens d'esprit ou de bon sens, de travail et de probité, mais il n'y avait pas deux journalistes de la trempe de Florentin Galtier, de son équilibre et de sa verdeur, il n'y en avait pas deux, en même temps, à la vieille Revue, ni dans les autres journaux ; il consolait Paris et les lettres des Angelus et des Lousquin. Au souffle de la vie parisienne tourbillonnante, avec les variétés que toutes les heures engendrent autour de nous, les rancunes de Florentin s'étaient apaisées, puis endormies ; et — chose étrange — l'ami du suicidé Fabréban venait de renvoyer une maîtresse gentille, en l'honneur de la meurtrière de son camarade, Mme Régina Vardoz.

Galtier fumait des cigarettes dans le boudoir qu'il avait fait meubler à l'entresol d'une maison

11

de la rue de Naples ; le boudoir au canapé vaste et solide était tendu de draperies bleues parsemées de marguerites et de liserons d'or, les couleurs de la dame qui entrait.

— Bonjour, Florentin !... O mon Floflo !...

Régina lui donna un grand baiser sur la bouche, et tout en se débarrassant à la hâte de son manteau et de son chapeau, elle prit une cigarette dans un drageoir de Saxe :

— Du tabac turc ! Bébé, tu es gentil d'avoir pensé à moi !

Il présentait une bougie allumée.

— Non ! non !... Laisse-moi allumer à ta cigarette, à ton feu ?... C'est meilleur !

Elle s'était assise sur les genoux du jeune homme, et bientôt, dans un coup de désir, elle jeta la cigarette pour mordre à pleine bouche les lèvres aimées ; Florentin la repoussa :

— Je ne puis pas ! Je ne veux plus !

— Florentin ?

— Non !

— Floflo ?...

Il s'était éloigné à grands pas, il revint à elle :

— Il vaut mieux que je vous dise tout et que nous brisions là !

— Parlez !...

— Madame, celui qui m'eût annoncé, il y a quinze jours, que je deviendrais votre amant, cet homme-là, je l'aurais étranglé ; je venais d'écrire contre vous le plus fielleux de mes articles, et je m'étais torturé pour inventer un fiel qui n'est pas en moi...

— Je sais ; vous n'êtes point méchant...

— Écoutez donc !... Un de mes anciens camarades avait eu, avant vous, son feuilleton reçu à *l'Éclair ;* votre mari, qui n'était alors que votre amant, s'est présenté au journal, et M. Angelus a fait ceci, qu'un ouvrage de femme a primé l'œuvre d'un homme.

— Vous êtes dur !

— Pas assez, madame, car vous êtes la cause que cet homme s'est suicidé !

— Moi ?

— Vous !

— Je ne comprends pas, monsieur !

— Vous allez comprendre : ce n'était pas sans motif grave, ni pour le seul plaisir d'égayer la galerie, que j'ai publié mon article ; il m'a fallu insister à la Revue, où ce ton violent ne plaît guère, et le directeur a du choisir entre ma démission immédiate et l'insertion complète de la chronique ; je voulais me battre, mais M. Vardoz ne se bat pas !...

— Vous n'aviez pas grand mérite, mon cher ; M. Vardoz est un vieillard !

— Il y a le pistolet, madame, et toutes les mains peuvent s'en servir ; si l'on a affaire à un mauvais tireur, on rapproche les distances, et la partie devient égale, voilà tout !

— Ou bien, on ne charge qu'une arme et l'on tire au sort ?

— En présence de l'insensibilité de M. Vardoz, j'oubliais ma haine, je la couvrais d'un mépris, quand, l'autre soir, au bal de l'Ambassade russe, j'aperçois le vieillard sinistre, je marche contre lui, et, tout d'un coup, au moment où j'allais

le heurter, une femme se dresse entre nous,
l'éventail à la main, et soupire, câline et ensor-
celeuse : « Offrez-moi donc le bras, monsieur ?...
J'ai peur !... »

— La baronne Keulsbergh et Mme Champeaux
venaient de vous désigner à moi : M. Florentin Galtier, de la *Revue des Lettres françaises*,
mon ennemi, le seul ; je vous regardais et je
devinais votre intention ; vous me faisiez peur...
mais tu étais si beau !

— Votre mari s'esquive sans nous voir, et
nous nous perdons au milieu de la foule ; pour
M. Vardoz, vous êtes censée à la même place...

— Et mes amies me croient avec M. Vardoz ;
au retour, j'ai expliqué tout cela !

— Vous êtes jolie, et à la chaleur de votre ca-
resse j'oublie encore ma vengeance et je vous
demande un rendez-vous...

— Que j'accepte ! Je l'aurais imploré la première, car des frissons couraient sur ma peau
et je jouissais d'espérance, mon Florentin.

— Pendant quinze jours, nous nous aimons ;

cela me faisait plaisir de tromper ton mari...

— Et à moi aussi, va !

— Hier, toute ma haine s'est réveillée : je me trouvais au banquet annuel des anciens élèves de l'École normale ; notre président s'est levé, et il a porté le salut d'un mort, de l'homme que vous avez tué, votre mari et vous ; il a dit : « Fabréban ! » et plusieurs camarades ont nommé : « Régina ! »

— Des confrères jaloux !

— Non, madame, non ! Des professeurs, des écrivains distingués ; alors devant tout ce monde debout et grave, saluant la mémoire d'un suicidé du travail, j'ai revu la scène de la chambre de la rue Lepic, Fabréban couché sur le parquet, la tête sanglante et baignée d'un rayon de soleil moqueur, la bouche tordue dans un blasphème ; j'ai revu la mère et les fillettes en larmes, des ouvriers menaçants, montés là, en blouse, en bourgeron, demandant le pourquoi, et personne n'osant rien dire ; j'ai revu ce deuil, j'ai revu cette famille qui, la veille, rayonnait d'espoir ; j'ai revu ce travailleur que vous avez couché par terre d'un froufrou de jupe ; j'avais honte de vous et j'ai quitté la salle...

— Mais où est-elle donc la femme de votre malheureux ami ? Je lui enverrai des secours!... Où est-elle?...

— Elle est partie, elle s'en est allée au loin, emmenant ses enfants, telle qu'une bête blessée qui fuit l'endroit où l'on fait du mal ! J'ai eu beau chercher, écrire...

— Je vois, je devine, je saisis ; vous l'aimiez, cette Fabréban : elle était votre maîtresse !

Florentin, si réservé d'ordinaire, si respectueux des femmes, éclata, souffleté par l'injure :

— Non, cochonne, non, salope, elle n'a jamais été ma maîtresse, et je n'abusais pas de son malheur ! C'est une sainte, Mme Fabréban, et je la respecte autant que ma mère !... Vous mériteriez d'être fouettée sur la place publique !

— Tu me traites bien ! Ah ! mon Florentin, voilà que tu pleures !

Il éclata en sanglots :

— Va-t-en !

— Non...

— Va-t'en !

— Non !... Non !... Est-ce que je savais, moi? Est-ce que je suis autre chose, dans cet affreux malheur, qu'une cause inconsciente? Je ne songeais pas du tout à publier en feuilleton *la Révoltée* ; M. Angelus vint me dire : je puis imposer votre roman à *l'Éclair*, et j'acceptai... Est-ce que, moi, fille d'un universitaire, j'aurais consenti à voler la place et la vie d'un ancien professeur, le pain de deux enfants et d'une femme?

Elle se pressait contre le jeune homme et lui faisait un collier à la Doña Sol, un collier vivant, le plus doux et le plus beau collier, celui que Don Carlos enviait à Hernani, — les deux bras d'une femme aimée et qui vous aime ; — elle mêlait ses larmes aux larmes de Florentin, et sa tête se penchait, toute d'amour et de douleur :

— Un baiser?

— Laissez-moi, je vous en supplie !

— Un baiser, par pitié?

— Je suis faible et lâche, comme tous les hommes !

— Tu es grand, et à ton souffle je me sens grandir ; tu me diras le cimetière où repose Fabréban ; j'irai demander pardon au mort, j'emmènerai mon fils, et tous deux nous couvrirons de fleurs le tombeau !

Mme Vardoz était sincère et touchante, et Florentin le comprit :

— Ah ! cria-t-il, viens, ma Régina, et faisons-le bien cocu, ton brigand de mari !

— Oh ! oui, répondit-elle, en essuyant ses pleurs, faisons-le bien cocu !

Ils se sourirent et répétèrent ensemble :

— Bien cocu, Angelus !

Et il l'emporta sur le canapé.

Le soir, à table, dès que le petit Émile, qui s'endormait, eut été confié aux soins de la gouvernante et de Fanchette, M. Angelus versa un troisième petit verre de sherry-brandy à sa femme ; puis, de sa voix perfide et doucereuse de

11.

Méphistophélès, où, comme dans la parole de l'illustre Gaudissart, se rencontraient à la fois du vitriol et de la glu — de la glu, pour appréhender, entortiller sa victime et se la rendre adhérente ; du vitriol pour en dissoudre les calculs les plus durs :

— Buvez, ma chère, buvez ! Cette liqueur vous remettra. Sapristi !... vous avez les yeux joliment cernés ?

— Un peu de migraine...

— La migraine ? Parfaitement !

— Monsieur !

— Oui ! oui ! la migraine ! C'est la migraine qui vous empêche d'être non seulement aimable, mais même polie avec le baron, c'est la migraine, n'est-ce pas ?

— M. Keulsbergh a eu l'audace...

— Le baron est incapable de se plaindre d'une triste réception chez des amis, et pourtant, il m'a paru vexé, très froid.

— Qu'est-ce que cela peut me faire ?

— Nous ne raisonnons pas de la même manière, et je verrais d'un mauvais œil une rupture dont vous ne soupçonnez pas les conséquences.

— Monsieur, je ne suis pas une Marneffe ! s'écria-t-elle, en jetant sa serviette, et si violemment que la chienne, La Javotte, couchée aux pieds de la dame, se mit à japper.

Régina se levait de table ; M. Angelus lui saisit la main et força la dame à se rasseoir :

— Vous n'êtes pas, dites-vous, madame, une Marneffe ? Mais la femme qui se console d'un mari âgé avec un jeune homme, cette femme-là ne ressemble guère non plus à Mme Hulot ?

— Que voulez-vous insinuer ?

— Beau masque, vous sortez des bras de votre amant !

— C'est faux !

— Votre amant...

— Vous mentez, monsieur !

— Ne commettons pas d'erreur sur la personne : Mme Régina Vardoz, veuve Mirzal, née Lavaud, c'est vous tout cela ? Eh bien, la susnommée possède un amant ; le chéri s'appelle

Florentin Galtier, il est rédactèur de la *Revue des Lettres françaises*, et il a loué et meublé un entresol, rue de Naples, où il reçoit, depuis quinze jours, Mme Vardoz ; n'oublions pas que ce Florentin a insulté, dans un article absurde, le mari de Mme Vardoz et Mme Vardoz elle-même ! Si vous voulez, madame, des documents pour une intrigue prochaine, en voici, en voilà !

Le visage empourpré, Mme Vardoz essayait encore de fuir :

— Lâchez-moi, vous me faites mal ! Lâchez-moi !

— A une condition : vous m'écouterez ?

— Oui !

— Régina, vous m'avez trompé, et j'ai toutes les preuves de vos adultères ; une agence vous surveillait, une agence qui me fournira des témoins ; je vous enverrai en police correctionnelle, vous serez condamnée à la prison, et sur la paille humide vous aurez des loisirs pour écrire la suite de *la Révoltée*.

— Oh ! vous êtes complet, monsieur Angelus ! A merveille ! J'irai en prison, et après ?

— Après, vous roulerez comme un tonton dans la tourbe des déclassées, des filles ; vous ferez connaissance avec le panier de Saint-Lazare, et votre enfant, devenu homme, gifflera, s'il a du cœur, tous ceux qui lui diront que Régina Mirzal est sa mère.

— Quoi qu'il advienne, misérable, mon fils ne mourra pas de faim, car je vous ai empêché de dévorer sa fortune !

— Vous êtes stupide, Régina ! Est-ce que vous vous imaginez par hasard qu'une bagatelle de quatre cent mille francs m'eût sauvé? Mes dettes, madame, sont celles d'un grand seigneur et non pas d'un flibustier de pacotille ; je dois plus de deux millions, et je m'en vante ! Je pouvais agir comme tant d'autres, demander la séparation de biens, m'entendre avec vous, établir quelques épaves à votre profit, voler mes créanciers, et, selon l'expression usuelle, renifler sous les jupes de ma femme. Cette façon de tripoteur vulgaire ne convient pas à mon tempérament, et j'ai songé à notre ami le baron...

— Quel cynisme !

— Mon Dieu, madame, je suis, en effet, cynique et brutal ; vous reconnaîtrez cependant que depuis notre retour j'ai essayé de vous faire comprendre ce que vous m'obligez maladroitement à vous imposer.

— Mais, c'est à cause de cela, du dégoût et de l'horreur que vous m'inspirez, que j'ai cherché un amant !

— Et vous m'avez armé, madame !

— Pas encore !

— Si ! vous êtes jolie, intelligente et ambitieuse, il vous souvient que je rêvais d'une telle femme ?

— Pour la vendre ?

— Laissons les gros mots : l'orage est passé ! Régina, le baron est un vieillard, il ne se montrera pas plus exigeant et peut-être moins que je ne le fus moi-même ; si vous devenez la maîtresse de Keulsbergh, vous trouverez en votre mari un serviteur ; je fermerai les yeux sur Florentin.

— C'est une affaire, alors ?

— Vous commencez à vous en apercevoir, madame ?

— Et dire que vous avez soixante et un ans, la barbe teinte, et que pas une de vos victimes ne vous a brisé le crâne ! Ah ! que j'ai été sotte, le soir du bal de l'Ambassade russe ! Florentin vous tenait !...

— Un document nouveau. C'est au bal de l'ambassade que vous avez rencontré Florentin ?

— Tant pis ! je l'ai dit ! C'est vrai ! Florentin vous cherchait, et sans moi...

— Merci, chère protectrice, merci. Vous l'aimez donc, ce Florentin ?

— Beaucoup !

— Je le connais, il est gentil garçon et amoureux en diable ; voyons, Régina, avec le jeune amant, vous oublierez le vieux. Régina, j'aurais pu vous faire pincer aujourd'hui par le commissaire de police ; j'ai évité un scandale, mais je puis vous perdre tout de même ; Régina, bientôt vous renverrez le baron, je vous en débarrasserai, moi ! Et je vous laisserai toujours Florentin ;

Régina, vous serez la première de Paris!... Madame, c'est le déshonneur ou la gloire !

— Je ne puis plus vous entendre !

— Allez vous reposer, ma chérie, et rêvez en paix de Florentin !

Mme Vardoz chancelait ; elle monta péniblement le grand escalier de marbre et donna aussitôt à Fanchette l'ordre de faire les malles ; puis, elle passa toute sa nuit à pleurer, à se lamenter, à prier, elle qui ne priait jamais ; elle voulut s'empoisonner, se poignarder, se jeter par la fenêtre, — mais déjà, au matin, elle semblait un peu moins exaltée.

IX

Jamais homme ne se montra plus aimable que
M. Vardoz, le jour où sa femme, domptée par la
crainte d'un procès scandaleux et aussi par les
ambitions qui germaient en elle, devint la maitresse du baron Keulsbergh. L'aventure s'était
passée gentiment. Pour faciliter la cérémonie
galante, M. Angelus accomplit un véritable chef-
d'œuvre de délicatesse conjugale : il s'éloigna de
Paris pendant quarante-huit heures, sous le prétexte d'une chasse à Fontainebleau, et lorsqu'il
reparut, vivifié et sacré au grand air des bois, il
se réjouit de la consommation du sacrifice; mais
il se garda bien d'imiter les allures d'un marlou
de barrières qui ramène ses accroche-cœurs et
tire la langue aux recettes à venir de sa belle

clouée au poteau; il triomphait discrètement, il
n'écrasait pas la soumise d'un interrogatoire inutile et maladroit, il ne la souffletait pas d'un bravo
et d'un encouragement injurieux; il savait tout,
il avait tout deviné, ayant tout préparé; il ne
questionna la dame ni de la voix, ni même de
l'œil, — et tous deux, ils prirent l'attitude correcte de l'un de ces ménages mondains sur les-
quels la foudre est tombée, sans tuer autre chose
que l'honneur.

Entre M. et Mme Vardoz, il demeurait entendu
que la porte de communication de leurs appartements serait toujours fermée, et que monsieur se
dispenserait à l'avenir de saluer madame, au
petit coucher et au petit lever; ils ne s'adressaient
plus la parole, en dehors des repas; là, seulement, à cause du petit Émile et des serviteurs, ils
échangeaient quelques mots de politesse banale,
et cette situation leur eût semblé très dure, étant
l'un et l'autre expansifs et bavards, s'ils ne se
fussent rattrapés avec les étrangers. Ils donnaient à diner aux intimes, le mardi; ils dinaient

en ville quatre fois la semaine, le lundi, le mer-
credi, chez la baronne Keulsbergh et Mme Lousquin ;
le vendredi, le samedi, chez les da Queiroz-Leão et
les Champeaux ; restaient les repas du dimanche
et du jeudi ; mais ces journées, Émile les passait
auprès d'eux, et M. Angelus était si bon pour
l'enfant, que la mère n'osait pas priver le vieillard
des caresses de son beau-fils ; en somme, le ménage se méprisait et se supportait au milieu des
tentatives de réconciliation et des amabilités du
cornac victorieux.

A l'aurore des conventions matrimoniales,
Mme Vardoz se sentit mal à l'aise devant la domesticité ; bientôt, elle s'arma de courage ; Mme Eulalie, Fanchette, Anatole et Jozim feignaient de
tout ignorer ; naturellement, elle comprit que le
baron payait les serviteurs, au moins la gouvernante et le valet de chambre ; et comme les rendez-vous du banquier l'ennuyaient, qu'elle était
lasse des histoires de voitures aux stores baissés,
des promenades lointaines et des cabinets galants,
que, de son côté, M. Angelus s'enfermait ou s'ab-

sentait volontiers, elle commença à recevoir l[
vieux monsieur à la maison. Elle avait redouté er
Keulsbergh un personnage inventif, original e
difficile, et elle rencontrait dans l'homme à tèt[
rouge une belle brute qui s'en venait vers l[
femme, tel qu'un taureau à moitié vidé, ignoran
des moindres friandises de la luxure; il deman
dait simplement l'acte bestial qu'elle lui accordait
sans lui rendre raison, se gardant toute pour soi
bien-aimé.

Fidèle observateur du contrat synallagmatique
M. Angelus laissait à sa femme une liberté abso-
lue, et bien que le baron se fût contenté, depui[
trois semaines que durait ce manège, d'offrir de[
fleurs et des bijoux, il ne semblait pas tro[
pressé; Keulsbergh était un honnête homme.

— Régina, dit un jour le baron, en essuyan[
les verres de son binocle, je songe à l'homme qu[
nous avons trompé et que nous tromperons longtemps encore, si vous me faites cette grâce. La
situation d'Angelus est fort embarrassée, le savez-
vous?

— Baron, ne parlons pas affaires, je vous en prie.

— Permettez-moi de vous en parler, pour n'y plus revenir ; ce n'est pas à M. Vardoz que je m'intéresse, mais à vous, chère belle.

— Je possède vingt mille livres de rentes...

— Une misère ! S'il survenait un cataclysme dans votre ménage, vous seriez obligée de vous réduire, et j'entends, moi, que vous gardiez votre luxe.

— Si M. Vardoz accepte vos secours, je divorcerai !

— Régina ?

— Frédéric, savez-vous pourquoi je me suis donnée à vous, après réflexion et en dehors de ma sympathie naturelle à l'égard d'un homme bien élevé et très intelligent ? Eh bien, c'est par vengeance ! Votre femme a été la maîtresse de mon mari, et j'aime la loi du talion, moi !

Ce mensonge lui brûlait la gorge, et elle était ravie de le placer enfin, car il la relevait à ses yeux de vendue.

Le baron eut une grimace et rougit :

— Avant notre mariage, peut-être bien ; après ? non !

— Il ne s'agit pas de la baronne Keulsbergh, mais de la comédienne Olympia.

— A quoi bon réveiller ces souvenirs pénibles ? Vous n'avez pas besoin d'excuse, madame.

— Oh ! ce que j'en disais !

— Je cherche donc le moyen de tirer votre mari d'embarras, sans l'outrager.

— En effet, si M. Vardoz supposait...

Cette fois, tous deux mentaient ; ils savaient les impatiences cachées de l'entremetteur ; la perfidie leur donnait du ton.

Keulsbergh exposa son plan. Malgré sa grosse fortune, il ne pouvait d'un coup satisfaire les lourdes échéances de M. Vardoz ; il s'était arrangé pour établir un crédit, sous un prête-nom, à ce cher Angelus ; il l'intéressait, en outre, à des entreprises, à des opérations de Bourse, et tout cela permettrait à Vardoz de nettoyer rapidement le passif ; la maîtresse n'entendit pas d'abord que l'amant la sauvait elle-même, en la mettant à l'abri d'un soupçon.

— Vous avez peur de votre femme ?

— Olympia ne fourre jamais le nez dans les livres.

— Et qui se chargera d'informer M. Angelus de vos excellentes intentions ?

— Moi !

— C'est très crâne !

— Autre chose, Régina.

— De l'argent encore, monsieur ?

— De l'amitié, madame, de l'admiration ! Je tiens à vous dire que nul plus que votre serviteur n'est heureux de vos succès littéraires.

— Et de mes succès de femme ? Et votre rival, monsieur Le Tulipier ?

— Je sais à quoi m'en tenir.

— A la bonne heure !

— Ne faut-il pas, du reste, que nos amis et qu'Olympia surtout se figurent que Le Tulipier est seul à vous courtiser ? Le Tulipier ? Un chaceron !

— Soyez indulgent pour ce vieillard.

— Mais je ne lui en veux plus ! Quand il pleur-
niche et qu'il bat du tambour avec ses pattes, il est
si drôle ! Gardez-le, tant qu'il vous amusera !...
Moi, je n'ai qu'un désir, vous savoir heureuse.

— Frédéric, vous êtes un homme charmant, et
je vous respecte et je vous aime.

— Chère adorée !

— Je vous aime de m'avoir épargné des propos
blessants sur le compte de mon mari, je vous
aime de m'avoir obtenue sans le vain étalage de
votre fortune, je vous aime à cause de votre délicatesse et de votre grandeur d'âme.

— Et moi, je t'adore !...

M. Angelus facilita singulièrement la corvée de
l'amant de sa femme ; il sourit aux premières
paroles de Keulsbergh :

— Angelus, vous savez que depuis longtemps
je vous ai intéressé à de grosses entreprises ?
Nous avons réussi à merveille, au-delà de nos
espérances !

— Brave ami, va !

— Vous m'avez donné le bonheur avec ma femme, et ce n'est pas trop de reconnaître...

— Cœur divin !

Les deux hommes comprenaient qu'ils ne pouvaient marcher longtemps ensemble sur ce terrain, et la causerie se termina par ces mots du banquier :

— Afin de vous éviter les tracas des oppositions et pour vous permettre de régler selon votre fantaisie, prenez un homme de paille ; il signera, vous toucherez !...

Mme Vardoz se soulageait de Keulsbergh en rendant ses visites plus fréquentes à la garçonnière de la rue de Naples ; le baron ne venait jamais à l'hôtel sans être attendu, et M. Angelus accordait à sa femme, comme à un troupier dont on est content, la permission de minuit et quelquefois de la nuit. Florentin la menait au théâtre ; ils s'enfermaient dans une baignoire grillée, puis soupaient en cabinet particulier ; il la reconduisait au matin, et, lasse, elle montait dormir, par l'escalier de service. Elle eut la fantaisie de s'ha-

12

biller en homme; Florentin lui acheta un stick et un monocle; il lui commanda un habit noir, un pantalon de cérémonie, un gilet de satin blanc, un pardessus de gommeux et un chapeau gibus; le déguisement ne la favorisait pas, avec la masse ferme de ses beaux seins aux boutons de roses, son chignon d'or touffu et son gros derrière de normande, mais il l'amusait follement, et le jeune amoureux ne savait plus la contrarier; elle trouvait le temps d'écrire des articles politiques et de travailler à son nouveau roman : *la Revanche des Femmes*. Peu à peu, devant l'insistance de M. Angelus et ses serments de respecter le pacte de famille, les rapports des époux se détendirent : M. et Mme Vardoz reprenaient leurs causeries intimes là où ils les avaient laissées, comme si rien ne se plantait entre eux; la jeune femme avouait au mari qu'elle envoyait, à son insu, des chroniques à *l'Éclair*, elle le mettait au courant de son œuvre nouvelle, et, loin de reprocher les cachotteries, M. Angelus s'offrait pour corriger les épreuves. Le matin, ils galopaient au Bois de Boulogne;

après le déjeuner, et souvent en présence de Keulsbergh, le cornac donnait une leçon de billard à
leur femme ; il était d'une jolie force, et la dame
affirmait son goût pour la science du carambolage ;
quelquefois, on jouait la poule avec le baron ;
M. Angelus s'éclipsait toujours à l'heure opportune, il ne réclamait pas la clef de l'alcôve, il
avait une petite maîtresse en ville, il s'éloignait
à l'anglaise, sous un prétexte de bon aloi qui ne
forçait personne à rougir, — et ce ménage à
trois, sans compter l'autre, semblait si charmant,
que le diable lui eût présenté les armes.

Olympia, cette comédienne illustre que M. Angelus avait lancée et arrêtée en plein triomphe,
pour la marier au baron Keulsbergh, dont elle était
déjà la maîtresse, vivait comme la plus honnête
des femmes et la plus tendre des mamans ; elle
n'affectait pas les allures hypocrites des vieilles
gardes qui, après avoir rôti le balai et s'être age-
nouillées pour des causes profanes, s'en vont prier
à côté du banc-d'œuvre d'une église lointaine où

elles édifient le curé et les villageoises, — tandis qu'au seuil du temple le dernier amant, un valet de pied imberbe et pâlot, attend le paroissien de Madame, de la vieille gueuse confite dans la dévotion.

Artiste, Olympia variait ses amours et piochait son art ; elle s'élevait à force de courage, de travail et d'intelligence : on ne l'oubliait point sur les scènes diverses qu'elle traversa ; les anciens des théâtres la discutaient peut-être, mais tous, même les femmes, aimaient à parler de l'absente, de son esprit, de sa belle humeur ; on la revoyait serviable, gaie, fantaisiste, la bourse ouverte aux collègues malheureux ; on l'entendait ironique, étincelante, superbe, plus hautaine qu'une princesse, avec des mots à l'emporte-pièce qui relevaient tout le cabotinage. Femme légitime, elle infligeait un démenti éclatant aux légendes un peu rebattues de la nostalgie fatale de la boue. Le cœur a des raisons que la raison ne connaît pas, disait Pascal, et la baronne Keulsbergh, encore jolie et enviée, consacrait une fois de plus la vérité du mot de Pascal, en respectant la vieille tête rouge d'un mari volage.

Deux hommes riches s'étaient disputé la main d'Olympia, un grand seigneur, le comte Daniel de Lyannes, et le baron Frédéric Keulsbergh, un banquier alsacien de récente noblesse ; M. Angelus tintait en faveur du banquier ; la comédienne écoutait l'Angelus qui tinta plus fort ; elle hésitait toujours, lorsque le baron vint sonner à la porte du cœur :

— Olympia, vous avez un enfant, et il n'est pas de moi ; le petit Raymond sera mon fils tout de même, car je le reconnaîtrai par l'acte de mariage ; s'il en vient d'autres, ça fera d'autres Keulsbergh, voilà tout !

Oh ! alors, tressaillant d'une allégresse, elle chassa de sa mémoire le visage charmant du comte Daniel, et la tête rouge désormais sacrée s'embellit pour elle d'une beauté durable et radieuse ; l'ancienne actrice possédait trois cent mille francs qui se confondirent, sous le régime de la communauté, avec les millions du financier.

12.

Marcel naquit; les deux frères vécurent, côte à côte, entourés d'une double et pareille tendresse. Le père de Raymond? Un amoureux de passage, un galant capitaine, la toquade d'un soir, un baiser marqué, puis envolé; jamais Frédéric n'y fit la moindre allusion.

Les Keulsbergh avaient une existence heureuse en leur hôtel de la rue Halévy, immeuble princier contigu aux bureaux de la Banque, mais très indépendant du va-et-vient des affaires; le baron trouvait naturel que sa femme témoignât quelque gratitude au marieur Angelus, et, pas plus que Boucailles, il ne savait l'Angelus tout entier; lui, il était venu de l'Alsace à Paris, où il transporta sa banque, au moment de l'annexion; il prospérait, grâce à une connaissance profonde du métier et aussi à des coups de Bourse; il ne s'aventurait point, guettait les coups, les devinait souvent, marchait ferme, et la charité proverbiale et très réelle de sa maison suffisait à excuser des gains extraordinaires qui auraient pu dormir entre des mains rapaces.

Mme Keulshergh fut surprise et contente de
voir M. Angelus épouser Mme Mirzal ; elle félicita
le vieux monsieur de ne pas demeurer tout seul,
au déclin de la vie ; un grand souffle de miséricorde l'animait, car devant l'ex-danseuse elle-
même, la nouvelle comtesse brésilienne, la prostituée de la veille des noces, elle sentait son cœur
s'ouvrir au pardon.

Olympia aimait son foyer, suppliait les journalistes de la laisser tranquille, et lorsqu'elle dai-
gnait débiter sur les planches une orientale de
Victor Hugo et un sonnet de M. Angelus, c'était
toujours pour les pauvres et le cornac. M. Vardoz
et Olympia se tutoyaient, sans cause ; la familiarité cessa le jour où Mme Vardoz parut donner
un peu d'équilibre et d'honneur à l'hôtel du
boulevard Malesherbes. Comment la baronne au-
rait-elle soupçonné l'adultère ? Frédéric et Régina
gardaient, en face du monde, une attitude ré-
servée, presque froide ; le baron déclarait souvent
que le bas-bleu l'agaçait ; de plus, la fille du professeur de grec, la veuve d'avoué, la bourgeoise

lettrée en imposait à l'ex-comédienne, qui, bien
que baronne et millionnaire, ne pouvait oublier
sa condition initiale de fille de concierges de la rue
Basse-du-Rempart, ni se défendre de ce respect
étrange et naïf dont les nouvelles couches parisiennes ignorantes de la vie de province entourent
parfois les provinciales.

Les fils d'Olympia étaient les camarades du
jeune Mirzal au lycée Condorcet ; la baronne
donnait des bals d'enfants où Raymond, Marcel,
la petite Germaine Champeaux, Émile, d'autres
invités du même âge, tous en costume espagnol,
dansaient la pavane à l'hôtel Keulsbergh, sous la
direction d'un maître à danser, parfois avec les
conseils précieux de La Noretti ; le petit monde
se trémoussait ; Régina et Olympia échangeaient
de maternelles paroles, et cette seule communion
des mères eût suffi à maintenir la baronne en
dehors des craintes injurieuses. Dans le cercle
volontairement restreint de ses relations, la
femme du banquier estimait surtout M. Champeaux, elle souriait aux coquetteries de la belle

Madame et jugeait Louise incapable de se mal conduire ; Boucailles, ce grand coureur toujours respectueux des femmes de ses amis, toujours en découverte, l'amusait ; le Brésilien renversait toutes ses idées sur les rastaquouères ; la comtesse était gentille et rieuse ; les Lousquin et le Tulipier lui-même ne l'ennuyaient pas.

Mme Vardoz avait l'intention de tirer une comédie de *la Révoltée;* elle fit part de son désir à l'ancienne actrice, et Olympia répondit :

— Tout ce que vous voudrez, Régina ! Pour vous être agréable, je renouerai de vieilles relations un peu négligées ; écrivez un scénario, et nous irons ensemble chez un directeur !

L'audacieuse maîtresse du baron écoutait cela, sans une inquiétude, sans un remords ; déjà, consolée par Florentin, elle s'habituait au second amoureux ; le bon alsacien, lui, apprenait à mentir, et il fallait l'entendre s'écrier devant sa femme :

— Le Tulipier se fourre toujours sous les jupes de Mme Vardoz ; est-ce que vous ne croyez pas?...

— Frédéric, Régina est une honnête et excellente nature ; avec elle, Angelus a beaucoup, beaucoup gagné ! Un grand enfant, Vardoz... Il vous aime bien, allez !

Elle était femme, elle était mère, elle suppliait Dieu de ne pas faire grandir trop vite l'aîné des Keulsbergh, dans la crainte que quelque misérable ne vînt révéler à l'enfant le mystère de sa naissance.

M. Angelus touchait de grosses sommes à la caisse du baron, et pour éviter les soupçons de la baronne, il empruntait encore de l'argent à la dame ; Olympia, toute de miséricorde, affirmait

— Angelus, vous ne voulez pas être à la charge de votre femme, et je vous approuve !

Certes, Keulsbergh méprisait Vardoz, mais il aimait, il adorait Mme Vardoz, et le mépris se couvrait des floraisons d'un amour nouveau et singulièrement vivace.

X

Un mardi, le jour des Vardoz. — A sept heures, on passa dans la salle à manger : à la droite et à la gauche de la maîtresse et du maître de maison, le général comte da Queiroz-Leão et le baron Keulsbergh, Mme Lousquin et la baronne Olympia, et tout autour de la table, M. Lousquin, Mme Champeaux, M. Le Tulipier, la comtesse da Queiroz; M. Champeaux et M. Boucailles entre les filles du directeur de *l'Éclair*, puis le petit Émile : une réception ordinaire devait suivre le diner.

Régina, en grande toilette rose décolletée, portait sur l'échafaudage gracieux de sa chevelure un croissant de pierreries, le cadeau de

noces du Brésilien ; à ses oreilles étincelaient des
diamants non sertis et d'une eau très pure ;
Jozim venait de se signaler, et la longue barbe de
M. Angelus rayonnait comme une coulée d'or.
Au milieu de ces robes claires, de ces épaules
nues, de ces têtes brillantes de femmes, parmi
ces hommes en habit noir, tous aimables et sou-
riants, un seul être souffrait d'une incompréhen-
sible angoisse, M. Oscar Le Tulipier ; il était mé-
connaissable, tant il avait vieilli, tant ses yeux
fous, sa bouche crispée, les frissons vengeurs de
sa musculature défaillante, disaient les débauches
où il se jetait pour oublier Régina. Une grande
humiliation lui était venue de ce qu'on ne le con-
viait pas à l'une des places d'honneur, lui plus
âgé que les hommes assis auprès de Mme Vardoz ;
il voulait se retirer, il ne l'osa pas et il resta là,
si lamentable qu'il glaçait les rires et éveillait la
pitié de ses voisines, Mme Champeaux et l'ancienne danseuse ; il souriait d'un sourire de bébé
malade, et toute sa pensée s'en allait, encore
éperdue, vers la dame blonde, objet éternel de

ses rêves : elle s'en allait douloureusement, d'un dernier battement d'ailes.

Dans la journée, da Queiroz avait envoyé à la maîtresse de sa maison un superbe cerisier en terrine avec ses feuilles vertes et ses rouges fruits mûrs, un bouquet de cuisine de cinquante louis; il voulait honorer ce repas de décembre et il payait ainsi royalement son écot ; avant de faire placer le petit arbre sur la table, Mᵐᵉ Vardoz stupéfaite consulta son mari, et M. Angelus en dit un mot à Keulsbergh, pour prévenir la jalousie de l'amant ; le baron s'égaya beaucoup de l'excentricité du Brésilien, qu'il signala à Boucailles et à M. Champeaux ; l'industriel parut indulgent, le grand Bouc se tordit de rire, et, par ces temps de neige, le cerisier fit plaisir à tout le monde. Au second service, les langues se délièrent ; les plus grands crûs arrosaient un dîner exquis, raffiné, car M. Angelus, un gueulard, ajoutait toujours, aux menus confortables que la gouvernante soumettait à Madame, un plat spécial, quelquefois une nouveauté de son invention :

13

l'autre mardi, on s'était régalé avec une royale
de lièvre, recette que le maître de maison tenait
de Mme Félicie, une ancienne cuisinière, la très
jolie femme de Victor, un grand coiffeur du boulevard ; en ce moment, il s'agissait de brochettes
composées de foies de volailles et de rognons
séparés par des truffes à gros et larges quartiers
et des bandes légères de lard ; une sauce au
champagne agrémentée d'épices, de truffes en
poudre et de raisins de Corinthe relevait ce plat
anonyme que le baronne baptisa gaiement : *Brochettes à l'Angelus*.

Le Tulipier avait résolu de se griser, et il buvait comme un trou, sous les regards insolents
d'Anatole, préposé aux fonctions de sommelier :

— Château-Margaux ?... Clos-Vougeot ?...

— Les deux, mon ami !

Anatole remplissait les deux verres de mousseline, et le vieux monsieur les vidait, sans les
goûter ; une tache de vin marbrait son plastron
de chemise, et il buvait, buvait, la langue pâ-
teuse, l'œil hagard, tout le corps secoué d'un

frisson que ne parvenait pas à vaincre les fumées de l'alcool.

— Vous vous rendrez malade, monsieur ? observa, pleine de douceur, la comtesse da Queiroz.

— Vous avez l'air d'un brave cœur, madame, et vous êtes jolie !

— Pourquoi vous grisez-vous ?

— Si l'on vous demande, étoile de la danse...

— Je répondrai que je n'en sais rien, n'est-ce pas ?

— Mais oui !

— Décidément, s'écria Boucailles, Paris devient un repaire de voleurs et d'assassins !

Il faisait allusion aux nombreux assassinats qui terrorisaient la ville, et notamment à un crime commis, la nuit dernière, dans une maison de la rue Rodier, à proximité de la fonderie de canons dirigée par M. Némorin Champeaux : on avait trouvé là, ensanglantées et mortes, une femme galante, sa bonne et la fillette de celle-ci ; les dames écoutaient le récit palpitant de l'aventure que le grand Bouc, railleur à froid, se plaisait à grossir ; le conteur riait du chef de la sûreté incapable de découvrir et d'arrêter le coupable, il embellissait l'histoire de paradoxes ingénieux sur l'assassinat, il donnait des détails ignorés du Parquet, de la Préfecture de police et même des journaux, et l'on tressaillait d'horreur et d'épouvante.

— Tane mioux ! dit le Brésilien, les dames n'oséroun plous sourtir, touté sioules, lé soir !...

— Je connais l'assassin, reprit Boucailles, très calme ; c'est un gentleman qui se déguise en cocher et ne travaille que par amour de l'art ; je sais toute sa manière de vivre, le club où il déjeune, où il taille à banque ouverte, la société qu'il fréquente, son marchand de chevaux et cætera, mesdames ; je connais ses nom et prénoms, sa rue, son hôtel, et, dois-je l'avouer, je lui ai offert l'hospitalité.

L'ancien magistrat se leva, et d'un geste solennel :

— Nommez-le !

— Jamais de la vie, Oscar !

— C'est votre devoir, monsieur, d'éclairer la justice !

— Allons, Le Tulipier, asseyez-vous, pria M. Vardoz.

Le Tulipier exaspéré se rassit et bafouilla en fixant Boucailles :

— Vous avez, déclarez-vous, prêté asile à l'assassin de la rue Rodier, et cela fort souvent, sans doute ?

— Je l'avoue.

— Article 61 du Code pénal : Ceux qui, connaissant la conduite criminelle des malfaiteurs exerçant des brigandages ou des violences contre la sûreté de l'État, la paix publique, les personnes ou les propriétés, leur fournissent habituellement logement, lieu de retraite ou de réunion, seront punis comme leurs complices... Il y a d'autres articles encore : Ainsi, lorsque...

Le baron interrompit Le Tulipier; le grand Bouc, toujours grave, s'adressait à la compagnie :

— Voulez-vous l'histoire ?

— Oui ! oui !

Il se tourna vers le petit Émile :

— Tu n'auras pas peur, milou ?

— Non, monsieur Boucailles !

— L'an passé, au mois de novembre, à quatre heures du matin, je débarquais à la gare d'Orléans ; je revenais du Midi, et j'étais harassé de fatigue ; tout d'un coup, en donnant le ticket à l'employé de service, je m'aperçus que j'avais oublié dans la poche de mon pantalon le télégramme qui appelait mon coupé. Sur la place Walhubert, des cochers stationnaient, tous des rôdeurs aux guimbardes ferrailleuses ; les uns ronflaient en haut de leur siège, d'autres enlevaient les sacs d'avoine du naseau des bêtes ou terminaient le raccommodage des harnais défaillants et sordides ; un flot de voyageurs s'empressait ; la matinée était pluvieuse et les réverbères eux-mêmes avaient froid ; il ne me restait ni le droit d'hésiter, ni guère celui de choisir ; je fis un signe à un grand diable moustachu et à longue barbiche qui, chaussé de socques et enveloppé d'un mac-ferlane brun à rouges carreaux, fumait une courte pipe et remettait de la mèche à son fouet. Les malles chargées, il m'invita à monter, assez poliment, et les yeux gros de sommeil, je m'enfonçais dans le fiacre attelé de deux rossards très maigres. « — Boulevard Saint-Germain, 355. — Bien, patron ; si monsieur n'est pas assez couvert, je puis lui prêter une limousine que j'ai là, en réserve. — Merci, ma pelisse et ma couverture sont bien suffisantes ; filez ! » Et je pensais : Voici un brave homme ; il aura cent sous, dix francs ! » Nous partîmes au petit trot ; je m'étais assoupi, je dormais quand l'arrêt brusque des chevaux me réveilla ; je balayai la brume collée aux glaces de la voiture et je regardai à droite, à gauche, étonné : j'étais en pays inconnu, sous la nuit affreusement noire. Je tapai contre la vitre du fond ; déjà, le cocher avait ouvert une portière ; il brandissait un couteau, mais j'eus le temps de prendre mon revolver et de tenir l'individu en joue. Comment n'ai-je pas tiré ? Je l'explique par cette raison de charité humaine que l'homme jeta son arme et qu'il regarda la terre, sans défense, comme s'il allait y retourner, *in pulverem reverteris.* « — Pardon, monsieur, pardon ! — Où sommes-nous, misérable ? — Dans les terrains vagues, monsieur, au delà de la rue Ordener. — Et tu veux m'assassiner ? — C'est fini ! — Quoi ? — La bêtise, la mauvaise idée. — Ce n'est pas malheureux que ce soit fini ! — Je ne recommencerai point. — J'y compte ! » Il sanglotait, en se tâtant le front. « — Je vais conduire monsieur, boulevard Saint-Germain, 355. — Donc, tu te souviens de l'adresse? — Oui. — Alors, pourquoi ?... — Puisque je vous dis que c'est fini ! — Ça peut revenir? — Non... jamais deux fois dans la même nuit. » Je n'étais pas rassuré, il s'en faut! je ne pouvais cependant m'éterniser en ces terrains vagues et je m'installais à la gauche du cocher sur le siège, le revolver braqué contre sa poitrine ; il se débarrassa de sa barbiche et l'envoya au vent qui hurlait ; sa voix s'était adoucie en même temps que sa figure et il évoquait ses souvenirs : « — Je me nomme Ernest, comte de*** ; je suis orphelin et million-

naire; ma fortune repose en actions au porteur.
A l'époque où je deviens intéressant, j'étudiais
par goût la médecine à Paris et je fréquentais les
cours, la morgue, les hôpitaux, les salles de dis-
section surtout, lorsqu'une nuit, en plein effort de
travail, une idée m'envahit, obsédante, inexorable:
ma maîtresse, que j'adorais, s'était endormie; je
lui glissai sous le nez un flacon de chloroforme,
après avoir recouvert sa tête d'une serviette soli-
dement fixée; le scalpel à la main, j'agrandis d'a-
bord les yeux et la bouche de la femme morte;
étudiant imbécile, j'écoutais, croyant entendre le
cœur qui ne battrait plus jamais ! Ayant réuni à la
hâte valeurs, bijoux, papiers, je déposai sur la cheminée le prix approximatif de belles funérailles et
j'allai à travers la ville; un perruquier me tondit,
me rasa et, naturellement, je restai à Paris, car
c'est là, vous ne l'ignorez pas, monsieur, où les
meurtriers sont le mieux en sûreté. Justement,
je venais d'hériter d'un cousin de province, les
papiers du mort servirent à me créer un nouvel
état civil : on cherchait l'assassin à Perpignan, à

13.

Lyon, à Dunkerque, à New-York, à Bougival, en
Chine ; on arrêta vingt individus ; mais, à dater
de la nuit infâme, je vis du sang, du sang, du
sang ; il y en avait au bout de mes doigts, sur
mes habits, aux aiguilles de ma montre, partout,
jusque dans la nourriture que j'absorbais, chez
les plus célèbres restaurateurs de la rive droite.
J'étais un vampire, scientifiquement un mono-
mane ; je voulais tuer encore, tuer toujours !
Comme je gardais la crainte du bagne et de
l'échafaud, il me parut qu'une vie double facili-
terait mes projets, et avec l'extrait de naissance
et la carte d'électeur d'un jeune homme que
j'égorgeai aux Buttes-Chaumont j'obtins l'ins-
cription réglementaire et un numéro d'ordre pour
ce fiacre de rencontre que je vous prie de me
pardonner, cet ignoble fiacre à galerie que traînent
mes deux canassons ; tout de suite, la station de la
place Walhubert me tenta. Le troisième crime de
votre serviteur fut le meurtre d'un boucher. C'é-
tait un gaillard joufflu, une très vivante nature de
Bordeaux ; il ignorait Paris et se rendait à la Vil-

lette ; il le croyait, du moins, car je le menai là d'où vous venez : « — Ous qu'est le quai de la Marne ? — Nous y touchons ! — Té ! Et les abattoirs ? — Les voici ! » Je lui enlevai gentiment un couteau de Nontron qu'il m'avait montré, un couteau à virole de cuivre, un vigoureux outil que j'affilai pour rire au fer à aiguiser qu'il portait à la ceinture : « — Si je te saignais, gros porc ? — Ce ne serait pas à faire, monsieur le cocher ! répondit-il en riant. Je l'empoignai et le saignai à la gorge, ainsi qu'il faisait aux bêtes ; en quelques années, j'ai tué une sœur de charité, un sergent-major et bien d'autres ; de toutes mes victimes, je possède un souvenir ; j'ai enlevé à la religieuse son rosaire, au sous-officier son épinglette de tir, à celui-ci des bretelles, à celle-là une fleur, à d'autres femmes des bouts de ruban, des collerettes, des jarretières, des mèches de cheveux, des riens ; j'aurais pu augmenter mes rentes, le jour où j'ai occis un marchand de bœufs du Poitou ; sa sacoche contenait quatre-vingt mille francs ; je me suis contenté de son bâton... » Il n'en finissait pas ; nous arrivions en face d'un poste de police : — « Ah ! monsieur, me voici dans mon quartier ! — C'est ce que nous verrons, gredin ! Allons, descendez, ou je vous brûle la cervelle ! » Les agents entouraient la voiture, le cocher descendit et leur serra les mains : « — Le bourgeois est un peu bu ! ricana-t-il. En v'la-t-il pas d'une autre ! Monsieur monte à la gare d'Orléans et m'indique la rue du Poteau ; Monsieur est bien mis, et ça me paraît drôle qu'un particulier à malles et de cette tenue loge à l'extérieur ; il répète son adresse, et je fis : après tout, il a peut-être bien une connaissance là-bas, et je fouaillai mes canassons... » Je m'élançai : « — Monsieur le brigadier, cet individu est un assassin ; il a failli me tuer ! — Quand je vous disais, il est bu ! — Voyons, monsieur, intervint le brigadier, plein de mansuétude, votre cocher, Justin Zaugard, est connu de nous, très estimé dans le quartier... — Il m'a menacé, il a enlevé sa barbiche, il tenait un couteau !... — Quand je vous disais : il est très bu, le bourgeois !

— Monsieur le brigadier... — Monsieur, nous
connaissons Justin Zaugard, et j'ignore qui vous
êtes ! » Je donnai ma carte. « — Vous n'avez pas
de papiers ? — Si ! » Et je présentai des enveloppes
de lettres, des reçus de loyers, des traites acquit-
tées, une quittance d'hôtel ; quoi encore ? ma médaille de membre de la Société protectrice des
animaux ; le brigadier examina la médaille, puis,
à la grande gaieté du corps de garde, il observa
spirituellement : « — Et vous êtes si méchant que
ça, monsieur ? « — Pas méchant !... Bu ! intervint
avec charité Justin Zaugard. » Je réglai le cocher,
et Zaugard, bon comme du pain, arrêta au passage un autre fiacre à galerie dont le cocher
défiant hésitait à charger mes malles. Dès le lendemain, je déposai une plainte, avec les indica-
tions les plus précises sur le lieu et la nature
de l'attentat ; on retrouverait le couteau, tout près
d'une palissade. Je désignai naturellement le
numéro du fiacre... Eh ! mais, Vardoz, il t'en
souvient, c'est ce jour-là qu'on me fit passer
pour fou ?

— Parfaitement ! répondit M. Angelus, et sans moi...

— J'avais oublié l'aventure ; un soir, au club, j'étais en banque ; un jeune monsieur très élégant, le monocle dans l'œil, la boutonnière de l'habit noir fleurie d'un gardénia, vint déclarer : « Cent louis sur chaque tableau ! » Lui, le cocher Zaugard !.. Oui, mesdames, oui, messieurs, oui, monsieur Le Tulipier, c'était Justin Zaugard !... Je donnai les cartes, et, par extraordinaire, je gagnai le coup ; Zaugard tira de son portefeuille une liasse de billets et paya...

— Je m'y trouvaitt', mossié Bouc ! intervint le Brésilien : jé récounaîtrais Zaugard ; oun lé noummé lé douc dé La Virlainé ; il a bocou raflé ensuite, présqué touté la taille ; on né la plous révou !...

— Moi, je l'ai rencontré sous bien des costumes différents ; il est très spirituel ; il m'a expliqué son numérotage de voiture ; il change les verres des lanternes et se numérote comme il veut, à coups de pinceau ; le numéro indiqué par ma plainte avait stationné toute la nuit devant le café Riche. L'année dernière, le comte Ernest de *** — son vrai nom, celui-là, je ne le dis pas! — le comte Ernest de *** a daigné accepter l'hospitalité à ma villa de la côte normande; ce matin, j'ai reçu de lui un billet ainsi conçu : « Votre an-« cien cocher est l'auteur du triple assassinat de « la rue Rodier, et il n'a pris, selon son habitude, « que des objets sans valeur à ses trois victimes. « Bouc, si vous êtes un malin, faites-moi pincer! « Signé : Ernest, comte de *** .» Il me reste, mes-dames, à vous prier d'excuser la longueur du récit, mais M. Le Tulipier ne m'aurait pas cru sans preuves, sans documents.

On s'esclaffait; les dames avaient secoué la chair de poule des premiers moments et riaient aux larmes de la satire de Boucailles, de la farce que le petit Émile lui-même comprenait et applaudissait.

— Il n'est pas permis de railler de la sorte la magistrature! déclara sévèrement Le Tulipier.

Anatole se pencha, un flacon en main.

— Veuve Clicquot?

— Les deux !

Le Tulipier dit cela ironiquement pour se venger du domestique gouailleur, il avait l'air de faire une charge et il perdait la tête. Lorsqu'on eut dépouillé de ses fruits le cerisier du Brésilien, Émile embrassa les convives, avant de monter se coucher, pendant que sa mère, M. Lousquin et le baron Keulsbergh discutaient les chances de l'Exposition Universelle de 1889, les clous de l'Exposition, la Tour Eiffel, le grand Panorama de Castellani où l'on verrait le tout-Paris, sur la place de l'Opéra.

— Vous y figurerez toutes, mesdames! affirmait M. Angelus.

Puis, on parla du canon que M. Champeaux construisait en son usine de l'avenue Trudaine, un canon monstre à enfoncer les Krupp de l'Allemagne, un canon qui se chargerait avec de la mélinite et de la roburite à parties égales; on se passionnait, et il fallut que l'inventeur, modeste et peu bavard, donnât quelques explications ; sa femme l'encourageait :

— Allons, Némorin, allons !

— Je ne sais pas causer, moi, disait Champeaux. Effectivement, notre canon...

Il ne s'étendit point en périphrases ; il ne chercha pas les fleurs de rhétorique ; il fut clair, logique, net, brutal ; ses paroles tombaient lourdes et puissantes comme des géants-marteaux, et ce n'étaient pas les petits feux de l'esprit parisien qui les éclairaient, mais les rouges lueurs d'une fournaise qui tord le métal, en des crépitements effroyables d'étincelles.

Alors, Régina enfiévrée s'écria :

— La revanche intéresse toutes les femmes !

— Très biène, madam', très biène ! répondit le général ; vous êtes ouné dame véritablementt' soupérioure et jé bois à vòtré santé !

Il leva sa coupe et l'on trinqua seulement d'un sourire, — comme dans le vrai monde.

Le nez allongé sur sa coupe vide, Le Tulipier restait sombre, et quand Jozim lui présenta l'ai-

guière pour les ablutions des mains, il sembla
s'éveiller d'un rêve tourmenteur ; en se mouillant
les doigts, il laissait tomber à l'adresse de l'eunuque des paroles que le turc ne comprenait pas et
qui faisaient rougir jusqu'aux oreilles Mme Champeaux et la Noretti, des femmes peu bégueules.

Bras dessus, bras dessous, on se dirigea vers
les salons resplendissants de lumières et de fleurs.

— Tu vois ! disait M. Angelus à Boucailles, pas
de tragédie, ni rien de solennel et d'ennuyeux !...
A la bonne franquette ! on boit, on fume ; l'odeur
du tabac n'incommode pas ces dames ; nous au-
rons un peu de musique, de la musique aimable
à la portée de ma bourse et de toutes les oreilles,
de la musique facile à digérer ; j'ai recruté douze
Espagnols : une harpiste, des mandolinistes ; on
n'est pas forcé de les écouter, puisque je les
paye ! Oh ! très peu ! Je leur colle une réclame au
courrier des théâtres de *l'Éclair,* et ils sont con-
tents !... Les voici !... Tâche de découvrir, de lever
quelque chose !...

Olympia, Mme Lousquin et ses filles, la comtesse,

Mme Champeaux, se groupèrent autour de Régina ;
des artistes accordaient leurs instruments ; le
baron, M. Champeaux, M. Lousquin et le général
fumaient des cigares et prenaient le café dans un
petit salon mauresque ; M. le Tulipier resta
auprès des dames et M. Angelus se planta à l'arrivée, distribuant des sourires et des poignées
de main aux robes décolletées et aux habits noirs
qui entraient : ce furent d'abord les dames Tavot,
les deux sœurs mariées aux deux frères, des in-
cestes ambulants, une nichée de lapins incapable
de se mal conduire, en dehors de la boîte à quatre ;
puis, les familiers du five o'clock, Paul Raffün, de
l'Éclair, et Me Heurteaux, les fiancés des demoiselles Lousquin, et à la file : des sénateurs,
des députés, des artistes, des journalistes, presque
tous accompagnés de leurs femmes ; on saluait
la maîtresse de maison, et, les dames assises, les
hommes se dispersaient, formaient des groupes ;
quelques-uns s'en venaient fumer au salon mauresque, boire du champagne, du punch, de la
bière, car il n'y avait pas de buffet pour cette

simple réception du mardi. M. Angelus présentait à sa femme, déjà très entourée, un élégant jeune homme brun et nerveux, célèbre par ses chroniques mordantes et ses duels :

— Monsieur Karl Rostan, du *Socrate*.

— Oh ! monsieur, fit Régina, en serrant la main du nouveau venu, je suis bien contente de vous voir et de vous remercier ; vous avez été si indulgent pour moi ; je lis *le Socrate*, et vos chroniques surtout...

— Madame, je serai toujours heureux de vous être agréable.

M. Vardoz mommait rapidement les personnages de médiocre importance, femmes et hommes, et le bas-bleu récitait :

— Enchantée, madame...

— Croyez, monsieur...

— Mesdames, donnez-vous donc la peine...

— Vous me comblez, cher confrère...

C'était le tour de quelques journalistes qui revenaient d'un dîner de corps :

— Monsieur Dumonteil, du *Rabelaisien*.

— Monsieur Bedounet, du *Mouvement*.

— Monsieur Feyfant, du *Fil spécial*.

— Monsieur Cavantou, des *Immortels Principes*.

— Monsieur de Vanves, du *Rire*.

— Monsieur Lenoir, du *Gâchis*.

— Monsieur Châteaulin, du *Fer rouge*.

Le Rabelaisien, *le Mouvement*, *le Fil spécial*, *les Immortels Principes*, *le Rire*, *le Gâchis* et *le Fer rouge* se perdirent au milieu de la foule; on entrait par bandes, et les présentations devenaient difficiles; mais M. Angelus s'acharnait à son rôle :

— Régina ?

— Mon ami ?

— Monsieur Gaston Lavignotte, artiste-peintre.

— Je connais monsieur de réputation.

— Monsieur Louis Corvaisier, statuaire.

— J'ai admiré, monsieur, votre Vénus au dernier Salon.

— Le comte de Mauval, sénateur.

— Monsieur le sénateur...

— Le marquis César de Sombreuse.

— Marquis, vous me voyez très honorée...

— Le docteur Bourgogne-Paladeuf.

— Cher docteur...

Le cornac menait vers sa femme un petit monsieur blanc à figure de mouton qui s'escrimait avec des grâces :

— Monsieur Isidore des Ablettes.

— Cher et illustre maître....

On chuchota :

— Des Ablettes, vous savez, des Ablettes, de l'Académie française !

Le marquis de Sombreuse, le comte de Mauval et Boucailles se promenaient et rigolaient ; derrière les dames en rose et blanc, une foule d'habits noirs se pressaient pour entendre la musique, et tout au fond, sous la lumière d'un lustre de Bohême, une jeune et grande Espagnole à la taille fine dans une robe blanche à traîne, aux yeux éclatants, à la chevelure brune et au visage altier, se tenait seule debout, à la droite des onze mandolinistes, le haut de la gorge et les bras nus, les doigts sur les cordes de sa harpe dorée : le chef battit la mesure, et l'orchestre attaqua un boléro brillant. Après le morceau, et au milieu des applaudissements, Le Tulipier s'approcha de Mme Vardoz, et le claque près de sa figure, afin de bien diriger sa voix :

— Madame, je vous en supplie ?

— Monsieur, vous me compromettez !

— Régina ?

— Assez, monsieur !

Mme Eulalie et Fanchette gardaient le vestiaire ; Anatole, Jozim et leurs aides faisaient circuler des plateaux chargés de verres de sirops et de coupes de champagne ; la baronne Keulsbergh narrait à ses voisines l'histoire du cocher de Boucailles, et un vent de gaieté soufflait par là ; Mme Champeaux et la Noretti avaient disparu. Au salon mauresque, ou ouvrit un vitrail, il était temps, car l'on étouffait. M. Lousquin, adossé à un panneau, le cigare à la main, expliquait au baron Keulsbergh, à M. Champeaux et à da Queiroz la combinaison nouvelle du *Petit Éclair* :

— Messieurs, l'heure est venue d'agir, et si le baron Keulsbergh daigne accepter la présidence du conseil d'administration...

— Non, mon cher député; mais Vardoz et sa femme viennent de me mettre au courant, et je ne demande pas mieux que de vous aider.

Le Brésilien se tourna vers M. Champeaux :

— Qu'est-cé qué vo en pensez vo, mossié ?

— Moi, je prendrai des actions.

— Moâ aussi !

L'Espagnole et les mandolinistes chantaient une sérénade.

Dans les ombres de la serre, la comtesse et Mme Champeaux se donnaient un long baiser d'amour ; M. Angelus les avait réunies, débauchées ; il soupirait, fier de son œuvre :

— N'ayez pas peur !

Puis, il toussa et dit :

— Attention !... Quelqu'un !...

C'était le Brésilien.

— Jé cherché ma fàme, mossié Angélouss' ?

— La comtesse était un peu souffrante ; elle cause avec Mme Champeaux.

— Jé souis biène tranquille, alorss !... Bianca ?

— Mon ami ?

— Vo êtes indispousée ?

— Je vais mieux !

La comtesse entraîna Mme Champeaux :

— Venez, Louise, rentrons !...

M. Vardoz et Boucailles se dirigeaient vers le salon mauresque :

— Et alors ?

— Sombreuse et Mauval sont partis avec deux petites femmes ; depuis qu'il est sorti de Bicêtre, le marquis s'en paye !

— Et tu as découvert ?

— D'abord, l'Espagnole, ensuite, une chevelure rousse...

Ils croisèrent Le Tulipier, et Boucailles terrible :

— Oscar, le cocher de la gare d'Orléans ! Le comte Ernest !...

— Vous mériteriez...

14

— Tu pleures, Oscar?... Vous avez du cha-
grin?... Ah! ma pauvre vieille, pardon!...

Après le départ des invités, M. et Mme Vardoz regagnèrent leurs appartements respectifs ;
Mme Eulalie frappait à la porte de sa maîtresse :

— Madame, voici monsieur Florentin...

— Quel bonheur, mon Florentin! mon Floflo!
Pourquoi n'es-tu pas venu à la soirée?... M. Vardoz aurait été si heureux...

Ils s'enfermèrent, pendant que M. Angelus rê-
vait de la gloire de sa femme.

XI

Au petit jour, Florentin salua d'un dernier baiser Régina sommeillante, puis, guidé par Mme Eulalie, il descendit l'escalier de service et héla sur
le boulevard un fiacre qui passait. Chaudement
enveloppé d'une pelisse noire couvrant l'habit de
soirée, le jeune homme éprouvait les sensations
pénibles d'un lever hivernal augmentées des regrets amoureux ; ses yeux cernés, ses moustaches
mordues affirmaient une nuit terrible et charmante, et, en cette matinée où il gelait à fendre
les pierres, les bras du gracieux athlète s'éten-
daient vers les glaces fardées de la voiture, se
croisaient comme s'ils tenaient là et ramenaient
toujours un corps jouisseur de femme ravie.

— S'il te déplaît de paraître à ma réception,

fais-moi la grâce de venir coucher? avait imploré
Mme Vardoz.

— Non, Régina...

— Floflo, mon Floflo, je veux te recevoir chez
moi!

— Nous étions si tranquilles, tous deux, rue de
Naples.

— Floflo, pour une nuit?

— Tu y tiens?

— Oui, Floflo, beaucoup! Les femmes sont
bizarres, et il me semble que, dans ma chambre,
je serai encore plus amoureuse, plus... Tu de-
vines?... Que pouvons-nous craindre? M. Vardoz
s'enferme, bébé dort au loin, la gouvernante
veille... Floflo?...

Il ne voulut pas lui déplaire, et puisque, à l'heure
matinale de la séparation, l'un des deux amants
était obligé de partir, de traverser la ville, sous la
froidure, Galtier se dit qu'il serait de mauvais goût
d'exposer encore la dame aux ennuis et aux dan-
gers du chemin; il accepta l'hospitalité de sa maîtresse, mais il ne figura pas à la fête.

— Nom d'un ministre ! Régina est une rude la-
pine, murmura-t-il, en pénétrant dans la maison
de sa mère, tandis que Mme Galtier et la sœur de
Florentin s'en allaient entendre la première messe
à la Madeleine.

La dame et la demoiselle croisèrent le jeune
homme au milieu de l'escalier ; il leur leva son
chapeau, sans rien dire, et il dormit jusqu'à l'arrivée de son maître d'armes, qui retrouva le remarquable élève dispos et vigoureux ; à table, Florentin expliqua sa rentrée tardive, tout en se
promettant bien de ne plus se faire pincer.

Après une poule au billard qui lui rapporta une
dizaine de francs, M. Angelus prit congé à l'anglaise de sa femme et de Keulsbergh ; il sortit à
pied et s'arrêta rue du Havre.

— Mademoiselle Ghislaine est chez elle ?

— Oui, monsieur, affirma la concierge, très
polie pour le visiteur dont elle appréciait la géné-
rosité.

Devant l'armoire à glace d'une chambre rose,

14.

Ghislaine, une gentille roussotte, se peignait ; elle était en chemise, les pieds lavés et nus, chaussés de mules blanches. Au coup de sonnette, Agathe, une veille bonne qui réveillait le feu d'un margotin, s'empressa de terminer son travail et d'ouvrir.

— Excusez-moi, chien chéri, dit Ghislaine en recevant le baiser de M. Vardoz ; vous vous annonciez pour trois heures et il en est deux seulement ; voyez la pendule !

— J'avais hâte de te revoir.

— Voulez-vous entrer au salon ?

— Je te gêne ?

— Non, oh ! non !

— J'ai plaisir à t'admirer en tenue légère ; tu es faite au tour !

— Vous êtes toujours si aimable, monsieur !

— Pourquoi « monsieur » ? Pourquoi « vous » ?

— Je n'ose pas encore te tutoyer.

— Je crois pourtant que ça y est ! fit-il en riant.

Agathe vidait les eaux, et M. Angelus, la cigarette aux lèvres, s'approchait de Ghislaine :

— Les frisettes ébouriffées sur les tempes !
Dégage le front, le milieu du front !

— Je me coiffais à la chien.

— Mais, ce n'est plus la mode ! Un de ces
jours, tu iras, de ma part, chez Victor, le grand
coiffeur pour dames, et la belle Félicie te donnera une leçon.

— Aujourd'hui, je vais finir à la chien, car je
ne saurais point autrement ; est-ce que ça vous
contrarie ?

— Pas du tout !

— Si vous passiez au salon, monsieur Angelus ?

— Encore « vous » ? Encore « monsieur » ?

— Je m'habituerai.

— Pourquoi veux-tu m'éloigner ?

— C'est que...

— Va !

— C'est...

— Ah ! tu n'oses pas enlever ta chemise ?

— J'aimerais mieux...

— Bébête !

— Vrai !... Une minute seulement ?

— Tu rougis ?... Mademoiselle, lorsqu'une femme est bien tournée, elle peut se montrer toute nue à ses amis !

— Comme vous y allez !... Tu permets ?

— Je ferme les yeux pour les rouvrir plus grands !

La chemise tomba aux pieds de la fillette, qui apparut dans sa nudité d'enfant à peine nubile.

— Quand je le disais ! on t'a fabriquée au tour !

Il l'aida à s'habiller, agrafa et laça le corset; il s'y entendait à merveille, et Ghislaine, qu'il chatouillait, se défendait avec des heurts et des soubresauts de gamine perverse.

— On a couché seule ?

— Pour qui me prends-tu ?

— Pas de marlou à la clef ?

— J'ai horreur de ces gens-là !

— Tu as déjeuné ?

— Oui, dans mon lit, et hier soir, avant de m'endormir, j'ai lu vingt pages de tes vers. Ravissant, le chœur des mésanges, et j'aime bien les petits courlis de la rivière qui chantent en volant sur les pelles des moulins : Turrlui !

Turrlui!... Iiiiiii!... Ça, c'est l'autre qui répond, n'est-ce pas?

— Parfaitement! c'est de l'harmonie imitative.

— Imitative?... De quoi?

— De la nature, des oiseaux.

— Turrlui! Iiiiiiiii!... Et l'écluse qui ronfle : vroum! vroumm!... Et les peupliers qui soupirent!... On ne dirait pas que tu es si canaille, mon grand chien!... Il y a longtemps que c'est imprimé cela?

— Quelque temps déjà.

— Moi, en ouvrant le bouquin, je m'attendais à des cochonneries.

— On en fait, mademoiselle, et on n'en parle pas!... Quel âge as-tu?

— Seize ans.

— Juste?

— Bientôt!... Je vais mettre la belle robe de velours que tu m'as donnée, et tu verras comme je serai mignonne!

— Prends ton peignoir; nous serons plus à notre aise.

— Je porte si bien la toilette?

— Une autre fois?

— Turrlui! Turrlui! Iiiiiiii!... Vroummmm!
les peupliers dans l'orage : Fraï! Frrrrrraï
Et les éclairs : Xzzzzzzzz!... Et le tonnerr
Boum!... Boumm!... Patapatapataboumm!...
les cloches!... J'adore l'harmonie... Comm
disais-tu?

— Imitative.

Ils se connaissaient depuis huit jours, ils s
taient rencontrés, un soir, à la gare de l'Oues
la fillette, traînée par une entremetteuse, allait
venait, rôdait, sous le vent glacial. M. Angel
qui achetait des journaux à la librairie des A
cades, observait le manège; la matrone et
se comprirent, et l'on fila brusquement vers
hôtel meublé. Le cornac se débarrassa en
payant de l'entremetteuse; puis, ennuyé des al
tinences conjugales, très las des coureuses mûr
il revit Ghislaine, cette verdeur, et l'installa da
le petit appartement disponible de la rue
Havre.

Ghrislaine se savonnait les mains ; M. Vardoz demanda :

— Tu viens du pays du soleil ?

— D'un village près d'Agen.

— On mange des prunes là-bas ?

— C'est la contrée.

— Et tu es à Paris depuis ?...

— Trois mois.

— Tu faisais la noce chez la mère Taureau, ta procureuse ?

— Elle me forçait ! Mais il y avait des messieurs qui me trouvaient trop jeune.

— Elle ne sait pas où tu loges, la mère Machin ?

— La Taureau ? Non, et tant mieux ! Elle me tapait, la rosse ! Du reste, j'ai toujours été battue ; au village, mon père, un métayer, s'est remarié, et ma belle-mère, qui se soûle, nous cognait pour des riens, mes frères et moi... Alors, je suis partie...

— Seule ?

— Avec un commis voyageur, un camelot qui

vendait des robes et tous les attifaux ; il m'a ha-
billée dans sa grande voiture, la nuit. On est
resté ensemble à Agen quelques jours ; Stanis-
las m'a lâchée, et j'ai bricolé un peu pour venir
à Paris ; là, Mme Taureau m'a posé le grappin dessus : « Donne-moi le bras, petite ; voici des agents ;
regarde par terre, et l'on va s'en fourrer de la
chouette nourriture ! » Elle tombait à pic, la
Taureau, je crevais de faim !... Nous avons bu
et mangé au bouillon Duval ; après ça n'a pas
été bien drôle, et voilà !... J'ai été malheureuse,
très malheureuse, obligée à des choses, oh ! non !
laissons ça !... Je suis tranquille ici enfin, et si
vous me gardez, je serai bien sage et je vous
aimerai, je t'aimerai, monsieur, de tout mon petit
cœur !

Le visage de la roussotte s'emperlait de larmes
et sa jeune poitrine bondissait, travaillait d'espérance sous le lainage léger d'un rouge peignoir.

— Ghislaine, je m'occupe de ton avenir et je
te ferai entrer au théâtre, peut-être...

— Au théâtre ? Je le voudrais bien !

— Tu joueras les Vénus.

— Vénus? Est-ce que c'est difficile?

— Nullement! On se met en maillot couleur chair, et à l'apothéose on montre au public si l'on est bien faite, oui ou non !

Ghislaine prit place sur les genoux de M. Angelus :

— Veux-tu prendre un grog, quelque chose de chaud?

Le vieillard allait rééditer en présence de la gamine le mot obscène, la farce historique de Mlle Georges à Talma, le matin où les deux grands artistes s'en revenaient du théâtre, dans la même voiture :

— Mais c'est très chaud, ce que je...

La fillette l'interrompit en lui fermant la bouche d'un baiser, et commanda ensuite à la vieille Agathe de préparer des grogs à l'américaine.

M. Angelus resta là jusqu'à l'heure du Bois, et le soir il revint chercher sa femme en calèche couverte pour la conduire chez Mme Champeaux, qui attendait les Vardoz à dîner.

15

Les Champeaux habitaient l'avenue du Bois-de-Boulogne, et l'hôtel de granit et de fer, la maison solide et princière du grand fondeur de canons avait, pour ainsi parler, la gueule du maître, de l'hercule au collier de barbe grise, aux grosses lèvres douces, au visage ouvert, à la démarche pesante assurée, telle que celle d'un fauve en liberté. Tout y était colossal et superbe, depuis le hall où cent géants de marbre semblaient supporter l'édifice, jusqu'aux rampes de l'escalier, aux balcons, aux vestiaires, des merveilles de fer forgé; — depuis les arceaux des sous-sols jusqu'à la toiture de cuivre, une terrasse merveilleuse qui dominait les alentours et s'égayait, les soirs d'été, de verdures et de floraisons. Comment M. Némorin Champeaux fréquentait-il Vardoz, lui qui, avec Olympia et Boucailles, complétait un trio d'honneur, dans la boutique de l'orgie? On sait les raisons de la baronne, le besoin d'oublier, de promener et d'user sa douleur; de messire Bouc; mais Champeaux, Champeaux, l'homme du travail! Sa femme l'exigeait ainsi et il s'inclinait.

Ancien élève de l'École des arts et métiers, Champeaux avait débuté à l'usine de l'avenue Trudaine; bientôt, il se signalait par des inventions, remportait des récompenses, et le directeur des ateliers, qui se retirait, crut devoir désigner son premier contremaître à l'attention de la Société. Directeur de l'usine, décoré, l'Auvergnat s'en vint faire un tour au pays, où il tomba amoureux de la fille d'un receveur des postes : il avait quarante ans, il était riche; elle entrait dans sa vingtième année, elle était pauvre; il l'épousa, l'emmena à Paris, affirmant que la différence d'âge et l'amour surtout replaçaient les choses en équilibre. Dix années s'écoulèrent, et dans ce laps de temps, après la naissance de Germaine, madame eut le désir de montrer un peu mieux son joli visage et sa séduisante tournure, que la maternité avait respectés; justement, Champeaux était l'un des clients intimes de la banque Frédéric Keulsbergh : à l'hôtel de la rue Halévy, Louise fit la connaissance de M. Vardoz, et le vieillard se chargea de produire en tout bien tout honneur, à la façon d'un grandpapa, la belle madame. Angelus essayait quelque galanterie, Louise les accueillit mal; orgueilleux imbécile, il pensa que la dame vivait dans une incapacité des sens ou avec une maladie de femme et il n'insista pas, très occupé ailleurs. Mais afin de récupérer les déboursés tout intellectuels de sa peine, le cornac essaya de coller à l'usinier quelques-unes de ses toiles à si grands bénéfices; Némorin refusa la brocante, la pacotille; alors M. Angelus lui demanda de l'argent, et Némorin aima mieux prêter, donner, — sans peinture.

M. Némorin Champeaux avait une grande fortune, et il aurait pu s'enrichir bien davantage, s'il eût consenti à fabriquer au compte de l'étranger, de l'Angleterre surtout; il fondait des canons pour la France, et il n'en fondait que pour la France. Le mari de la belle madame jouissait du bonheur de sa femme, célèbre par sa beauté; il jouissait du bonheur de leur fille Germaine, déjà jolie à huit ans, un diminutif de son amour de mère, il excusait les frivolités de la maman, il jouait avec Germaine, et ses doigts d'ouvrier craignaient toujours de faire du bobo ; pourtant, Némorin se gendarmait devant les visites du Brésilien et de l'ancienne danseuse : Louise exprimait le désir de recevoir les da Queiroz à ses soirées, à sa table ; les Champeaux seraient-ils plus exigeants que les Keulsbergh, les Lousquin, des barons, des députés ? Le fondeur, accepta le général et sa comtesse, et il sentit bien vite disparaître son antipathie contre le noiraud exotique, millionnaire et si prodigieusement naïf.

Champeaux montait à l'avenue Trudaine ; il ne venait pas en chef d'esclaves, dans l'usine où trois mille ouvriers maniaient l'outil, et lorsque tout marchait à l'ordre, sous la direction des contremaîtres, il prenait plaisir à distraire un moment des rudes travaux les vieux ouvriers qu'il avait connus, au temps de sa jeunesse ; il en soulevait un par la culotte : « — Hein ? toi, le père Guillaume, ça roule toujours ? — Monsieur le directeur... — Dis à ton ancienne qu'elle ne s'inquiète pas ; les vieux auront du pain, toujours, qu'ils le sachent tous ! m'entendez, vous autres ? »

Au milieu des ateliers, il se promenait en redingote, chapeau bas, et dans un coup de presse il ne dédaignait point de mettre les bras à l'ou-vrage ; parfois, aux bruits de guerre prochaine avec l'Allemagne, le patriotisme l'égarait, il em-poignait un marteau, le plus lourd, en donnait un atout à une enclume, puis de sa voix tonnante :

— En avant les forges!... En avant les mar-teaux ! Forgez et battez!... On ne travaille pas ici pour le roi de Prusse ! Ah! sacré nom de Dieu, non !...

Il s'attardait quelquefois pour encourager les vaillantes équipes de nuit, — et du temps où la famille de Florentin Galtier vivait en province, le jeune écrivain qui occupait un appartement sur l'avenue Trudaine, juste en face de l'usine Champeaux, se demandait, rêveur, si le vrai travail de cette fin de siècle ne s'accomplis-sait pas dans cette longue et profonde maison ébranlée par le vacarme assourdissant d'un peuple d'ouvriers. D'abord, le rédacteur de la *Revue des Lettres françaises* voulut fuir cet endroit terrible, puis il s'y accoutuma ; il était lieutenant d'artillerie de réserve et la fonderie de canons l'intéressait ; il obtint des renseignements, des documents de M. Champeaux lui-même, au sujet des sept opérations principales de la fabrication des bouches à feu : le moulage, la fusion, le coulage, le forage, le tournage, le percement de la lumière et l'épreuve, — les sept péchés capitaux, disait Némorin, dont un Rédempteur ou un Satan, le bon Dieu ou le Diable : l'épreuve.

L'hiver, la nuit, après de grandes heures de pensée, Florentin regardait l'usine immense et retentissante, sous un ciel sans astre ; tout dormait, excepté là : entre les ombres, la façade s'évanouissait, la masse des charpentes du bâtiment se perdait, les cheminées fumaient vers les nuages, on ne les voyait plus ; la cheminée géante elle-même, le haut fourneau de briques rouges qui, au matin, prenait des airs d'obélisque moderne, le haut fourneau tanguait, se confondait avec le noir, et seules, à travers les fenêtres, luisaient les lampes, comme autant d'yeux de bêtes immobiles dans les ténèbres, Florentin se couchait, et de son lit, désireux de dormir, il entendait, distinguait le sifflet des machines à vapeur et des chaudières, les rivures de boulons pour les affûts, les grincements des limes et des cisailles, le croassement des engrenages, la voix plus calme des ébarbeuses et des taraudeuses, le hou-hou du soufflet des forges, le ron-ron des tours et des arbres de couche au jeu des ventilateurs et au va-et-vient monotone des courroies, les batteries formidables des marteaux-pilons, des sonneries d'acier, les chocs des cylindres, un tapage de train roulant sur des plaques tournantes, la clameur des cuves de métal en fusion, de petits océans tumultueux de bronze et de cuivre, des fricassées de fers chauffés à blanc et jetés des fournaises au profond des eaux, les cri-cris de la frette, des spires d'acier qu'on appliquait à la partie postérieure des pièces, afin d'en augmenter la résistance transversale, — mais avec le sommeil qui venait, le sommeil gagné au labeur et dans la tendresse des amours, quelque chose les berçait, lui et elle, et c'étaient alors des harmonies lointaines, la manœuvre des alésoirs horizontaux pour rendre l'âme des canons parfaitement cylindrique, des frôlements cajoleurs, des vibrations très douces, un concert des métaux, des milliers de violes d'amour chantantes — pour la Patrie!

Il n'y avait pas de grande réception à l'hôtel Champeaux. A un excellent dîner succéda un poker de famille entre les maîtres de la maison, les Vardoz, les Keulsbergh, les Lousquin, les da Queiroz, Boucailles, Le Tulipier et quelques autres invités; Régina et son cornac rentrèrent en voiture à l'hôtel du boulevard Malesherbes, et pour ce soir-là rien d'extraordinaire ne vint heurter leur vie.

15.

XII

La valetaille de l'hôtel Vardoz jubilait : Mme Eulalie, Anatole, Fanchette, Jozim, les cochers, les
concierges, les cuisiniers, les jardiniers eux-
mêmes recevaient de l'argent du baron, sous mille
prétextes, la garde d'un cheval au retour du Bois,
un coup d'étrille ou de brosse, des courses,
un plat raffiné, un mensonge, une disparition
opportune, une fleur offerte, un salut respectueux ; la gouvernante et le valet de chambre
acceptaient aussi des pourboires de M. Florentin,
et en dehors des gages régulièrement payés par
madame il tombait là une pluie de pièces de dix
et de vingt francs qui mettait en liesse tout ce brave
monde. Anatole couchait avec Fanchette, une
gaillarde à gros mollets, à belle charpente, et par

bonté d'âme il s'amusait encore à la bagatelle
pour satisfaire la vieille Eulalie ; on festoyait, on
se soûlait à l'office, on blaguait l'eunuque, on
avait les derrières assurés contre l'avenir et personne n'était jaloux du voisin. Le valet de chambre
aimait à citer aux collègues un mot de son maître,
que celui-ci volait à Alexandre Dumas père :
« — Je venais d'acheter un cardinal, un mâle ;
M. Angelus vit l'oiseau tout seul, attristé sur un
bâton de la cage, et il s'écria : — Cours vite
chercher une femelle, Anatole ; je ne veux pas de
malheureux ici !... Ah ! la bonne pâte notre Monsieur ! — Et Madame donc ? intervenait la gouvernante. »

Eulalie et Anatole se regardaient, et jamais les
noms des amants de Madame, le souvenir du vieux
Keulsbergh et du jeune Galtier, ne troublaient
la sainte harmonie d'une domesticité brillante,
heureuse, engraissée, remplumée, fidèle à ses
maîtres.

Les jours s'effeuillaient du calendrier artistique
pendu dans le cabinet de travail de M. Angelus,

ils s'effeuillaient toujours marqués des incidents parisiens, et en ces premiers jours de la mi-carême Régina sentait encore sa puissance grandir. *Le Petit Éclair*, journal à cinq centimes, était reconstitué sur des bases solides ; il marchait, soutenu par la publicité de *l'Éclair* à trois sous et par des réclames étourdissantes : le baron Frédéric, le général, MM. Champeaux et Boucailles avaient pris des actions, et l'on réunissait les sociétés des *Éclairs,* du grand et du petit. A l'assemblée générale, M. Vardoz fut nommé administrateur ; M. Lousquin resta président du conseil d'administration des deux journaux ; le député venait de marier ses filles Éléonore et Nathalie à Paul Raffün et à Me Heurteaux, et il espérait bien que ses gendres le retrouveraient ministre, au retour du voyage de noces.

Le cornac se déclarait à son affaire ; la rouge continuait sa série : Keulsbergh avait exécuté la moitié de ses promesses ; les clients grincheux n'affluaient plus à l'hôtel Vardoz, le Crédit Foncier accordait la radiation des hypothèques, le syndicat familial lui-même, le syndicat payeur de violons, se taisait ; Régina, elle, en était au trente-septième feuilleton de *la Revanche des Femmes*, dans le grand *Éclair*, sous le pseudonyme bien transparent de « Mme Mirzal », car la dame entendait garder pour la littérature son nom de veuve et de premières batailles ; de plus, Olympia faisait recevoir à un théâtre, imposait à l'un de ses anciens directeurs, et pour la saison prochaine : *la Révoltée*, comédie en trois actes.

La Revanche des Femmes, on la glorifiait déjà dans le public des mardis de l'hôtel Vardoz : les chroniqueurs du *Rire*, des *Immortels Principes*, du *Mouvement*, du *Rabelaisien*, du *Fil spécial*, du *Gâchis* et même du *Fer rouge*, tous les chroniqueurs de la maison donnaient des extraits des feuilletons, publiaient des tartines extraordinairement louangeuses ; Karl Rostan, du *Socrate*, s'emballa ; il concluait : «... Je n'ai « pas cru devoir attendre le dernier feuilleton de « *l'Éclair*, l'apparition du volume en librairie, « pour dire tout le bien que je pense du roman

« de Mme Mirzal, une œuvre virile et profondément
« humaine. Qu'adviendra-t-il des théories de
« l'auteur ? Assisterons-nous, Madame, à *la Re-*
« *vanche des Femmes*, à l'émancipation que vous
« demandez ? L'heure est-elle venue de boule-
« verser le Code et d'y inscrire les articles nou-
« veaux qui feront de la femme une citoyenne au
« vrai sens du mot, une égale de l'homme ? Je
« l'ignore ; mais, dans tous les cas, vous êtes
« quelqu'un et je vous salue. »

A trois heures du matin, Mme Vardoz en domino
bleu, la tête enveloppée d'une mantille blanche,
les yeux brillants sous un loup de velours noir,
s'appuyait amoureusement au bras de Florentin,
et tous deux descendaient le grand escalier de
l'Opéra, laissant le bal masqué en pleine anima-
tion. Ils montèrent dans un landau et se firent conduire à la Maison-Dorée.

— Ouf ! dit Régina en s'asseyant sur un canapé,
pendant qu'un maitre d'hôtel s'empressait, attentif
aux ordres du jeune homme.

La dame enleva sa sortie de bal, son loup, resta gantée et se mit à rire devant la glace gravée de noms de filles, de dates mémorables et de petites barres, des unités amoureuses.

— Avez-vous faim ? demanda Galtier.

— Faim et soif.

— Tant mieux !

— Et vous ?

— Moi aussi !

Ils examinaient la carte, ils se décidèrent pour ce menu que le grand Adolphe inscrivit sur son carnet :

> Huîtres de Marennes.
> Truffes sous la serviette.
> Langouste.
> Perdreau froid.
> Rocher-Plombières.
> Raisins et pêches.

Mme Vardoz souriait à une pensée :

— Vous avez des cerises, maître d'hôtel?

— Oui, madame.

— Des cerises en arbre ?

— En arbre ? Non.

— Alors, je ne veux pas de cerises !

Florentin ne comprenait rien à ce désir et à ce refus, et le garçon croyait à une envie de femme.

— Floflo, je t'expliquerai... Le général brésilien... D'un comique !...

— Et comme vins ?

— Rœderer frappé, tout le temps, n'est-ce pas, chérie ? fit Galtier, qui connaissait les goûts de la dame.

— Très bien ! Mais apportez-nous aussi des roses, pas de bouquets, une botte de roses fraîches et bien fleuries !

Adolphe s'éloigna, revint, et bientôt ils attaquèrent le menu. Régina contait l'étrange cadeau du général brésilien ; elle disait sa stupéfaction devant le cerisier, l'esprit et la gaieté des invités, la folle histoire de Boucailles ; le jeune homme devenait soucieux.

— Tu n'es pas jaloux, je suppose, Floflo ? Tu serais trop bête ! En dehors de nos amours, Floflo, je suis comme la chaste Suzanne, avec quelques vieillards en supplément, et ce n'est pas bien drôle, va !

— Ce blanc de perdreau ?

— Merci... *Le Socrate* a été gracieux ; tu as lu ?

— Pas encore.

— Un article de Karl Rostan, et d'un tapé ! Est-ce que tu me consacreras quelques lignes dans ton antique et solennelle Revue ?

— J'essayerai... Le directeur...

— Je sais, vous me gardez rancune de la mort de Fabréban !... Comme si j'y étais pour la moindre des choses ! J'aimerais mieux encore un éreintement que rien du tout... Ne t'embarrasse pas pour moi ; du reste, si je voulais créer une Revue, ce serait facile ; M. Vardoz m'encourage à vous faire la concurrence, et même le Brésilien a trouvé un titre aussi extraordinaire que son cerisier. Devine ?

— Je donne ma langue...

— A ta Régina ? J'accepte ! Le titre : *la Révoue dé la quatré points cardinaux !*

— Fameux !

— Il y a bien assez de Revues, et une direction m'ennuierait. A quoi bon ? *L'Éclair* me suffit, la plupart des journaux me soutiennent. Au diable vauvert la littérature, et vive l'amour !

Elle jeta des roses blanches effeuillées au plafond et les roses neigèrent sur leurs têtes :

— Floflo, nous sommes dignes d'avoir cent esclaves pour nous servir !

Il buvait, elle abandonnait sa coupe, saisissait des deux mains le visage de Floflo et buvait à la bouche, la source aimée ; elle le grisait de sa luxure savante.

Dans le salon de face, M. Angelus et Ghislaine soupaient.

— O mon grand chien, soupirait la fillette en domino rose, le potage à la bisque m'a enlevé la migraine d'un coup !

— On sera mignonne ?

— Oui ! oui ! Quand est-ce que je débuterai au théâtre ?

— Nous te sacrerons Vénus à l'entrée de l'hiver.

— Quelle veine !

Un habit noir à faux nez qu'une grande et vigoureuse Arlequine soutenait traversa le couloir, se rendant à un cabinet particulier ; des bravos et des rires escortaient le faux nez au passage.

— Ote-donc ça ! disait la fille.

— C'est rigolo !

— Tu es ridicule !

Ils s'installèrent, et l'inconnu s'acheva rapidement avec deux ou trois coupes de champagne ; il sortait pour un besoin ; l'Arlequine voulait appeler un garçon qui conduirait monsieur, mais l'homme reprit son faux nez. Il errait maintenant à travers les couloirs ; des garçons interrogeaient l'ivrogne, incapable de retrouver son chemin.

Adolphe était à l'office, et le faux nez, conduit par un maître d'hôtel, indiquait une porte :

— Là !

— Monsieur ne se trompe pas ? Monsieur est bien sûr ?

— Là !

— Attendez-moi, monsieur, je reviens.

Le garçon descendit parler à Adolphe.

— Le monsieur est pompette ; il a refermé la porte ; la dame doit dormir, car elle n'entend pas ; donne vite la clef ?

Adolphe n'avait pas le temps de remonter de suite, et naturellement il livra la clef à son collègue ; le maître d'hôtel ouvrit la porte du cabinet, puis s'esquiva ; on le sonnait de toutes parts.

A la vue du faux nez, Mme Vardoz poussa un cri ; Florentin se dressait :

— Que voulez-vous, monsieur ?

L'inconnu désigna la dame d'un doigt tremblant :

— Elle !

Puis, son faux nez se détacha, il tombait vers le menton, soutenu par un fil, et l'homme répétait plus fort :

— Elle!... Régina, la maîtresse du baron
Keulsbergh !

— Cet homme ment ! Il est ivre ! déclara
Mme Vardoz, qui avait remis son loup.

Galtier se tournait vers Régina :

— Monsieur est de vos amis ?

— Je ne le connais pas !

— Elle ! Régina, la maîtresse de Keulsbergh !

— Retirez-vous, monsieur ! ordonna Florentin.

— Je ne sortirai pas, ni vous non plus !

— Et de quel droit ?

— Ça ne vous regarde pas, jeune homme !

— Si vous n'étiez pas un vieillard...

— Ce vieillard est encore solide !

— Vous trébuchez !... Allons, sortez, monsieur !

— Non !

— Pour la dernière fois ?

— Non ! Et j'empêcherai madame de vous
suivre !

— Monsieur, je ne suis pas un querelleur, mais
lorsqu'une femme est à mon bras, j'entends qu'elle
soit respectée, et on la respecte ! Et s'il n'y a

qu'une douzaine d'insolents comme vous, ça ne va pas être long !... Venez, madame !...

Galtier se précipitait, mais déjà, au bruit de la dispute, des dominos, des masques, des colombines, des pierrettes, barraient la sortie ; on croyait à un flagrant délit d'adultère constaté par le mari, et l'on parlait du commissaire de police.

Le Tulipier — car c'était M. Oscar Le Tulipier — chantait sur l'air du refrain à la mode :

> La voilà,
> Régina,
> Ah ! Ah ! Ah !
> La voilà,
> Régina,
> Ah ! Ah ! Ah !...

Cela commençait à devenir amusant ; le vieux monsieur chantait toujours, et des voix de filles l'accompagnaient en chœur :

> La voilà,
> Régina,
> Ah ! Ah ! Ah !...

Florentin s'était livré un passage ; il entraînait

la dame plus morte que vive ; ils reculèrent : la
porte du cabinet de face venait de s'ouvrir, et
M. Angelus bondissait, empoignant Le Tulipier à
la gorge ; les amoureux s'esquivèrent au milieu
de la bagarre ; Florentin jeta cent francs à un
garçon, et il disparut avec le domino bleu. Le Tulipier bafouillait encore :

> La voilà,
> Régina...
> Ah !...

— Taisez-vous ! grondait Vardoz, ou je vous
étrangle !

> La voi...
> Régin...
> Ah !...
> ... na !..

L'arlequine était accourue ; elle giffla l'homme
à la barbe teinte, et, dégageant Le Tulipier, elle
demeura là, résolue et vaillante :

— Il est à moi cet homme !... Je ne veux pas
qu'on lui fasse du mal, et le premier qui le tou-
che !... Et toi, grand cochon, si tu recommences,

je t'étripe ! Rigolez-donc !... Il pleure, lui !... Rigolez-donc, tas de fainéants et de salopes !...

Puis, elle emporta cette guenille, bousculant le monde qui se regardait, ne comprenant rien à l'aventure.

Au cinquième étage d'une maison du boulevard Saint-Germain, Mme Le Tulipier, une grande femme aux cheveux blancs, s'était agenouillée devant le crucifix de sa chambre ; à sa prière se mêlait une évocation des heures bénies et lointaines et aussi des heures cruelles présentes. Elle revoyait son mari, l'un des honneurs de la magistrature française, elle revoyait cet homme d'intelligence et de travail, et voilà que, tout d'un coup, après la mise à la retraite et l'interruption de l'effort cérébral, quelque chose d'étrange survenait en lui ; il était né d'abord en ce cerveau une révolte, un désir immense de reprendre les occupations familières ; peu à peu, l'œil du vieillard devenait vitreux, sa parole s'épaississait, sa langue se fendillait, il avait des rires, de

16

larges rires vides de pensée. Alors, il s'était jeté
dans l'orgie...

Il faisait jour. Le Tulipier entrait, dégrisé avec
de l'ammoniaque ; il était blême, livide, il eut un
grand soupir, un appel au pardon, un mot où
criait sa volonté de vivre :

— Femme !...

Mais, dès le matin, sa marotte le reprit ; il in-
juriait sa femme de ce nom « Régina », il la souffletait de ses envies de la dame blonde, et, elle,
loin de se plaindre des aiguillons qu'il enfonçait
dans son pauvre cœur, elle murmurait de douces
paroles, elle dorlotait le vieil enfant, l'entourait
d'une sainte et maternelle tendresse. Et quand il
sanglota si fort, désireuse de le garder, de le pré-
server jusqu'à la tombée de la nuit, où tous deux,
à peu d'intervalle, s'en iraient dormir du grand
sommeil de la nature, — vraiment, s'il avait été
possible d'agir de la sorte, de se sacrifier, de
s'immoler, de s'écraser, la martyre eut appelé la
dame blonde au secours, afin d'arrêter la folie du
vieillard.

Le surlendemain, on venait prendre Le Tulipier pour le conduire dans un asile d'aliénés, mais le malheureux homme s'abattait au milieu des effroyables secousses d'une dernière crise ; il s'éteignit entre les bras de sa vieille compagne, en râlant toujours un seul mot : « Femme !... »

XIII

A la nouvelle de la mort de M. Le Tulipier, le cornac se sentit délivré d'un grand poids, d'une terreur profonde, bien que dès le lendemain du scandale de la Maison-Dorée il eût pris soin d'inventer une histoire pour le baron Keulsbergh, une histoire à crever de rire :

— Baron, oh ! baron, je n'en puis plus ! Je me tords !... Figurez-vous que cet animal de Le Tulipier s'est imaginé rencontrer ma femme à la sortie du bal de l'Opéra ; Mme Vardoz, un peu souffrante, gardait la chambre, et moi, je soupais à la Maison-Dorée avec la petite Ghislaine. Au dessert, nous entendons un grand vacarme : notre brave Oscar, en pleine attaque de délirium tremens, criait à tous les échos le prénom de ma

16.

femme, il voyait Régina dans toutes les jupes qui passaient ; nous sortions ; il aperçut Ghislaine, quitta sa dinde d'arlequine ; il recommençait : « Régina, Ah ! ah ! ah ! » Je l'empoignais, afin de le calmer... Fou !... Archifou !...

De son côté, Mme Vardoz se montrait indignée de l'aventure, elle n'entendait pas être exposée à de pareilles confusions, elle avait résolu de fermer sa porte au maniaque.

— Le Tulipier est mort ! Régina, il est mort ! vint annoncer triomphalement le cornac à Madame.

— Pauvre homme !

— Vous le plaignez ?

— Il m'aimait tant !

— Enfin, nous voici tranquilles !

Le jour de l'enterrement, l'édition de quatre heures du grand *Éclair* publia :

« A midi, ont eu lieu en l'église Saint-Nicolas-du-Chardonnet les obsèques de M. Firmin-Oscar Le Tulipier, ancien conseiller à la Cour d'appel de Paris, chevalier de la Légion d'honneur ; les

deux fils de M. Le Tulipier, l'aîné chef d'es-
cadron, le cadet avocat général à Bordeaux,
conduisaient le deuil. Remarqué : le premier président de la Cour, le procureur général, le procureur de la République, le bâtonnier de l'ordre des
avocats ; M. Angelus Vardoz, le baron Keulsbergh, M. Lousquin, M. Champeaux, M. Boucailles, M. Karl Rostan, le général comte da
Queiroz-Leão, etc. Au cimetière, après le discours
de M. Darennes, président de Chambre, M. Angelus Vardoz, ami du défunt, a prononcé quelques paroles d'adieu qui ont ému toute l'assis-
tance. »

Le cornac virtuose du « cadavre » jouait aussi
du cercueil, et, toutes les fois qu'il assistait à un
enterrement sérieux, il s'arrangeait pour qu'on
citât son nom dans les journaux. Il faut dire
comment se pratiquent les dessous de ces pauvres
choses : les journalistes qui tiennent à être agréables à la famille n'ont point le temps de scruter
les listes remplies de signatures, ni d'opérer un
triage ; ils s'adressent aux familiers du mort, et

ceux-ci écrivent des noms, les célèbres en tête, les leurs ensuite, et deçà, delà, des notoriétés plus ou moins discutables. Aux heures de son obscurité, Vardoz avait des trucs ingénieux : il ne lâchait pas les intimes du défunt, il était présent à la confection et à la remise de la liste funèbre, s'il ne la rédigeait pas lui-même ; encore aujourd'hui, malgré sa taille, sa rosette et sa barbe, il redoutait les défaillances de mémoire, et il les conjurait avec des télégrammes bleus adressés à la presse : « Cher ami, je me trouvais aux obsèques de X*** ; je tiendrais, à cause de la parenté, et seulement à cause de cela, à figurer parmi les assistants...» ou bien : « Mon cher confrère, je n'ai pu me rendre à l'enterrement de Z*** et je le regrette, car je suis un intime de sa famille. Entre nous, je voudrais y avoir assisté *tout de même*, et si vous citez des noms...»

Mais si M. Angelus était rassuré à l'endroit de Keulsbergh, Régina tremblait d'inquiétude au souvenir de Florentin. La maîtresse ne pouvait oublier les sarcasmes de l'amant, après leur fuite du restaurant mondain, et ce n'était pas sans crainte que ce jour-là, débarrassée du baron, elle arrivait à la garçonnière de la rue de Naples.

— Ta lettre m'a fait pleurer, Floflo ! gémit-elle, en se laissant tomber sur un fauteuil... On ne s'embrasse pas?... Tu m'en veux toujours ?

— Je ne vous en ai jamais voulu, madame ; je vous plains.

— Je t'aime, moi !

— Quittons-nous bons amis ?

— Non ! je t'aime !...

— Laissez-moi, voyons !

— O Floflo !... Ta bouche ?...

Elle s'accrochait à lui, désespérée, voluptueuse et câline :

— Monsieur Le Tulipier était fou ; il mentait ! Le baron...

— Le baron Keulsbergh est votre amant !

— C'est faux !

— Ton cornac t'a vendue !

— Je te jure...

— Va, je devine! Angelus ruiné tenait à se refaire, et il a livré sa femme!...

— Tu m'injuries, toi qui me défendais là-bas!

— Je te protégeais contre les insultes et les violences, comme j'aurais protégé...

— Une fille?

— Ma foi!

— Je suis une malheureuse...

— Tu avoues donc?

— Rien!

— Ah! c'est trop fort!

— Tu es mon seul amant!

— Quelle raison poussait ton mari à courir sus au vieillard pour nous livrer passage?

— La peur du scandale.

— L'excellent chéri! Et monsieur Gragnon, préfet de police, ne lui a pas encore décerné une médaille de sauvetage? Et le cornac ne t'a pas remis la facture de son dévouement? La note, madame, et je paye!

— Assez, Floflo!...

— Non!... Je veux savoir!... J'attendais les

témoins de M. Vardoz, car je m'étais dit : Cet
homme ne peut rouler jusque là ! Il sait parfaitement que sa femme a soupé en ma compagnie,
qu'elle est ma maîtresse...

— Tout est arrangé !

— Par qui ?

— Par lui.

— Ah ! conte-moi ça ! Vous devenez tous les
deux bien intéressants !

Florentin se mit à cheval sur une chaise, en
face de Mme Vardoz, et Régina, malgré l'ironie
visible de l'amant, exposa l'expédient à l'usage
de Keulsbergh, la trouvaille embellie de M. Angelus : On ne saurait jamais le fin mot de l'aventure et l'on s'imaginait déjà que, dans sa folie,
M. Le Tulipier avait confondu la maîtresse de
M. Vardoz avec la femme légitime ; le loup de
velours noir était là pour mentir ; il ne resterait
rien des chansons des dominos, des Arlequines,
des Colombines et des Pierrettes, du tapage, de
l'embrouillamini, et là où personne ne voit goutte,
tout le monde a raison ; le maître d'hôtel,

Adolphe, se tairait ; de plus, M. Le Tulipier, le seul témoin dangereux, étant mort...

— Adorable ! c'est adorable !... Le mari ne se contente pas d'être cocu, il se crochète pour sa femme, et de par le décès du révélateur nuisible, monsieur se frotte les pouces et crée un alibi à madame !... Étourdissant !... Voyons, Régina, vous avez la facture ? Je n'exige pas l'apposition du timbre ; je payerai au besoin les soixante francs d'amende ; la facture, madame, la facture ?

— Floflo ?...

— Alors, ma chère, le baron continuera ses largesses, et moi je ferai un cadeau à monsieur, car autrement je serais le dernier des muffes...

— Pitié !

— Je lui commanderai une blouse et une casquette à trois-ponts ; il coupera sa barbe pour faciliter les accroche-cœurs professionnels.

— Oh ! vous me tuez !... soupira-t-elle en se tordant les bras.

Elle se leva d'un trait :

— Adieu, monsieur !...

De retour à l'hôtel, Mme Vardoz s'enferma dans ses appartements et passa une partie du jour à maudire sa destinée ; puis, elle imposa silence à son cœur, et les lectures des feuilles qui célébraient *la Revanche des Femmes* lui offrirent quelques consolations.

M. Angelus la vit encore très triste :

— Vous avez pleuré ?

— Eh bien, oui, j'ai pleuré ! Florentin...

— Il n'est pas satisfait, ce monstre-là ?

— Il veut se battre !

— Contre Le Tulipier, qui vous a outragée ? Il est un peu tard !...

— Contre vous, monsieur !

— Il y a belle lurette que je ne me bats plus ! Et pourquoi, s'il vous plaît, ce monsieur désire-t-il me chercher querelle ?

— Il ne cherche pas ; il attend vos témoins.

— Si M. Galtier avait un peu de cœur et de dignité, il se renfermerait dans le silence, et vous auriez dû lui glisser à l'oreille...

17

— M. Galtier a été très dur pour vous, monsieur !

— Vous voulez donc nous faire battre, madame ?

— Oui ! Et s'il vous restait un peu de sens moral...

— Taisez-vous !

— Votre cynisme...

— Assez !

Elle se dressa, les joues empourprées :

— Vous me faites horreur ! Vous êtes lâche, ignoble, immonde ! Le dernier des goujats des boulevards extérieurs ne vous monte pas à la casquette, car Florentin vous réserve un cadeau, une casquette à trois-ponts !...

— Perdez-vous la boule, madame ?

— J'en ai assez ! J'en ai trop !... Trop de vous, de Keulsbergh !... Je pars enfin !... Je demanderai le divorce !... Où suis-je tombée ?...

— Vous montez vers la gloire !

— La gloire ?... Et à quel prix, mon Dieu !... Oui, je partirai..

— Avec Florentin ?

— Avec mon fils ! Et j'irai me mettre aux genoux d'Olympia...

— Madame, prenez garde : on vous enfermera !...

— Comme folle ?

— Naturellement.

— La justice...

— Vous y croyez encore, vous, à la justice ?

— Je crois en Dieu !

— On ne s'en douterait pas ! Chère belle, calmez vos transports, et dites-vous ceci : mon mari me tenait, il me tient encore, il ne me lâchera pas, ou s'il me lâche, il me perdra froidement ; comme axiome, rapportez-vous-en au grand monsieur de notre siècle, au prince de Bismarck lui-même, qui s'est écrié en plein Reichstag : « *Die Macht steht über dem Gesetz,* » c'est-à-dire, en bon français : « La puissance est au-dessus de la loi. » Entendez-vous ? C'est tout ce que je sais de la langue allemande : « *Die Macht steht...* »

— Vous êtes infâme, monsieur Vardoz !

— Vous êtes une idiote, et vous avez un côté fille, madame Vardoz !

La seconde dispute se calma plus facilement encore que la première, et le ménage continua son train de vie ; M. Angelus avait des réponses pour toutes les objections de sa femme ; quant aux injures, elles glissaient de son dos, comme glissent les lames de la Manche sur les fausses nageoires de ce poisson de l'ordre des Acanthoptérygiens, de la famille des Scombéroïdes, au corps fusiforme, à la tête en cône comprimé, remarquable par l'éclat de ses couleurs.

— Régina ?

— Je vous ai défendu, monsieur, de m'adresser la parole dans l'intimité !

— C'est pour votre bien ?... Régina ?|

— La paix !

— La peau ? La peau ?...| Madame, vous employez de jolies expressions !

— J'ai dit : la paix !

— J'avais entendu : la peau...

— Ce langage est digne de vous et non pas de moi !

— Régina, encore un peu de patience, et vous renverrez le baron ; vous vivrez honorée, libre, illustre.

— Je me moque de la gloire !

— Ta ! ta ! ta ! Et Florentin boude toujours ?

— Que peut vous faire ?

— Je m'intéresse à votre bonheur.

— Allez chez vos maîtresses, chez la Ghislaine, dont vous avez eu l'impudeur de me parler !

— Soyez raisonnable : vous vous barricadez ; il faut bien que...

— La Ghislaine, une enfant de quinze ans !

— Seize ans !

— C'est honteux !

— Et moi qui vous apportais deux surprises : d'abord, votre roman vient d'atteindre le trente-quatrième mille ; ensuite, *le Fer rouge...*

— Après ?

— *Le Fer rouge* consacre toute sa chronique de tête à *la Revanche des Femmes*, na !

— Voyons ?... Vous êtes si menteur !

— Ça été dur à décrocher ; je suis revenu dix fois à la rédaction...

Il offrit le journal déplié et s'éloigna, malin, pour laisser la dame à son ravissement.

Un autre soir, dans la voiture qui les conduisait chez les da Queiroz-Leão, M. Angelus entama un sujet scabreux :

— Régina, votre Florentin serait bien attrapé si...

— Allons ?

— Si, comme Louise et Bianca, ces chairs à plaisir...

Il parla des amours secrètes de La Noretti et de Mme Champeaux ; il donnait des détails, des analyses savantes qu'il tenait de son ami le marquis de Sombreuse, un monsieur de Sade ressuscité au faubourg Saint-Germain, un pensionnaire libéré de Bicêtre, dont la bizarre figure et le regard perfide effrayaient Mme Vardoz.

— Elles me dégoûtent, vos lesbiennes !

— Il faut pourtant les supporter, car elles nous servent.

— Quant à les imiter ? Jamais !... Il est horrible, ce vice !

— On voit bien, ma chère, que vous méprisez ce que vous ne connaissez pas !... Vous êtes ennuyée et je cherche...

— Et dire que la loi ne frappe pas de pareilles horreurs !

— Les juges ne peuvent visiter les alcôves ; et quant aux imbéciles qui tonnent, ce que l'on s'en fiche !...

— Mais vous, qui avez accouplé ces femelles, que mériteriez-vous ?

— Je ne songe pas au prix Montyon ; je me contenterai de la croix de commandeur, et j'aurai la cravate rouge, dès que Lousquin sera ministre, ce qui ne saurait tarder.

— Si vous ne mourez pas aux galères, c'est qu'il n'y a plus de Dieu !...

Mme Vardoz essaya d'oublier Florentin avec M. Gaston Lavignotte, le peintre qui lui faisait son portrait ; elle se livra ensuite à son statuaire, M. Louis Corvaisier, puis à Karl Rostan, du *Socrate*, et tout cela en moins d'une quinzaine ; mais sa chair travaillait du désir de Floflo. Les autres amants n'avaient ni la mâle beauté, ni la courtoisie, ni l'élégance, ni surtout la vigueur de Galtier ; il était, lui, Florentin, la palme demandée, la palme fatale, et, fille de joie, toute de chair, elle déshonorait la science et comparait son amour au percement de la lumière, et même à l'épreuve définitive, sacrée, bénie, du grand canon de M. Champeaux ; elle voulait Florentin, elle criait son nom, dans la rage de ses adultères. La nuit, elle marchait fiévreuse, s'arrêtait, attentive, comme s'il allait venir : triste, elle se couchait, mordait les draps, les dentelles des oreillers, tressaillait d'une douleur profonde, gémissait d'une révolte du sexe et s'abattait, embrasée d'une flamme que l'absent pouvait seul éteindre. En présence du baron, il lui fallait une incroyable énergie pour continuer un rôle réduit aux plus mauvaises phrases. Floflo ?... Mon Floflo ?...

Jamais aucun homme ne l'avait ainsi bouleversée, et même son incommensurable orgueil s'effondrait ; elle possédait une grande photographie de Florentin, elle la mettait là sur sa table de nuit, entre un buisson de roses, et aux lueurs des lampes elle la regardait, la baisait, la priait, la vénérait, l'adorait ; puis, lasse, elle fermait les yeux et voyait encore Floflo, et bien mieux, vivant, souriant ; elle s'abritait dans sa pensée, aux rayonnements de ses yeux, à la fraîcheur de sa bouche et s'endormait enfin, énervée, épuisée par les luxures solitaires où la vision du bien-aimé, l'éternelle vision, la jetait presque sans goût.

Certain soir, malade d'amour, elle s'en vint attendre, place de la Madeleine, devant la maison même de Mme Galtier ; Florentin l'aperçut, collée à un mur, après avoir marché telle qu'une rôdeuse, après avoir essuyé les propositions galantes des hommes ; il eut pitié, et leurs amours refleurirent.

A quelques jours de là, au milieu du gâchis po-

17.

litique, le cabinet s'effondra ; M. Lousquin était
ministre de l'intérieur, et l'un de ses premiers
actes fut d'exiger de son collègue de l'Instruction
publique une croix de commandeur pour M. Angelus Vardoz.

Le cornac et sa femme décidèrent avec Keulsbergh de fêter superbement cette décoration,
et Florentin reçut la carte d'usage :

MONSIEUR ET MADAME VARDOZ PRIENT

Monsieur FLORENTIN GALTIER

Rédacteur à la *Revue des Lettres françaises*

De leur faire l'honneur de venir passer la soirée
chez eux, le jeudi 11 avril.

On dansera.

Le jeune homme s'indigna d'abord en compa-
rant cette forme mondaine aux mille petits becs
de sa R***, puis il se mit à rire terriblement.

XIV

Olympia frémissait de marcher sur le chemin
de la vérité ; la nuit dernière, dans son salon
même, tandis que ses enfants et leurs camarades
Émile, Germaine et les autres petits amis dansaient la pavane, elle surprit des signes d'intelligence entre le baron et Mme Vardoz ; elle s'approcha de la table de poker où ils jouaient avec
M. et Mme Champeaux, le comte et la comtesse,
M. Angelus et M. Boucailles, et il lui sembla entendre des jambes qui se dégageaient, un froufrou
de jupes, un bruit de bottines étouffé sous une
toux persistante de Frédéric, et même elle crut
voir à la fleur du sourire de Régina, au redresse-
ment rapide et gai de la tête blonde, à l'air malin
de la dame, une preuve plus terrible, non pas

le prélude, mais la continuation d'une scélératesse habile et déjà ancienne; M. Keulsbergh, lui, se mouchait, toussait bruyamment. Sans rougir, ni pâlir, ni trembler, en comédienne admirable, la baronne s'intéressa aux cartes du baron, et rien sur le visage de la femme trahie ne vint indiquer le trouble douloureux de son être, la saignée du cœur; ils se crurent si bien tous deux à l'abri des soupçons, qu'ils se sourirent. Au matin, Olympia doutait encore, elle se révoltait, elle désirait se tromper, implorait une erreur de toute l'énergie de ses sens bouleversés. Régina et Frédéric, là, auprès des enfants? Régina, cette veuve de province que la Parisienne avait débarbouillée de ses ignorances et de ses maladresses mondaines? Régina, la maîtresse d'Angelus, cette femme qu'elle reçut la première, alors que Mme Champeaux se réservait de toute sa hauteur? Régina, ce bas-bleu qu'elle aidait à triompher, dont elle venait d'imposer une comédie? Régina, qu'elle aimait, défendait, protégeait, encourageait comme une sœur!...

Après le déjeuner, selon son habitude, et sous le prétexte de faire un tour aux grands bureaux voisins de la banque, le baron salua sa femme ; dans l'antichambre, lorsqu'un domestique lui eut passé un pardessus clair, il rentra pour dire :

— Olympia, je reviendrai à trois heures et nous irons au concours hippique ; je dois signer de nombreuses pièces et examiner une demande de crédit, une grosse affaire, et si cela vous ennuie d'attendre ?...

— Non, mon ami ; je vous attendrai.

D'une fenêtre, Olympia suivit des yeux le baron ; il n'entrait pas à la banque, il se dirigeait vers le boulevard Malesherbes ; elle se fit habiller à la hâte et sortit à pied. En voyant l'effroi des concierges de l'hôtel Vardoz, la baronne devina tout de suite la présence de son mari ; des tapissiers, des fleuristes ornaient l'escalier de draperies et de verdures pour le grand bal du soir, et la maison retentissait d'un va-et-vient d'ouvriers, d'un remuement de meubles et d'échelles. Mme Keulsbergh gravit le premier étage, sous les guirlandes et les fleurs ; justement, la gouvernante qui, d'ordinaire, faisait le guet, venait d'être appelée par l'architecte à la salle des Fêtes ; la visiteuse rencontra Jozim ; le Turc la salua sans défiance, et elle arriva aux appartements de Mme Vardoz ; elle hésitait à frapper, quand elle entendit un bruit de rires, du côté de la salle de billard, en bas, tout au fond ; elle revint sur ses pas, s'arrêta près de la porte. On ne riait plus, on parlait, et Olympia distinguait l'accent de Frédéric :

« — Je suis heureux, ma Régina !

« — Frédéric, je t'aime bien et je t'apprécie de jour en jour.

« — Il ne faut désirer la mort de personne, mais si Angelus... Du reste, avec le divorce... Nous verrons ! »

La porte s'ouvrit et la baronne parut : M. Keulsbergh et Régina reculèrent, épouvantés.

— Frédéric, dit Olympia, d'une voix altérée, votre liberté vous est rendue.

Puis, elle éclata en sanglots et se précipita contre Mme Vardoz :

— Toi, tu es une fille !

Et elle la souffleta de son ombrelle.

— Cabotine ! hurlait Régina, que l'ombrelle avait marquée à l'oreille droite.

— Mets donc l'argent de monsieur dans tes bas bleus !

Elles étaient là, face à face, prêtes à s'étrangler ; Keulsbergh, très pâle, se mit entre elles :

— Vous êtes, mesdames, d'une indécence !...

L'explosion de la querelle se perdit au milieu des coups de marteau des tapissiers et de tout le brouhaha des décorateurs.

— Monsieur, conclut la baronne, je vous laisse avec madame ; je quitterai l'hôtel aujourd'hui même et j'emmènerai mes enfants.

— Vous reprendrez votre fils, madame, seulement le vôtre !

— Ils sont tous les deux miens, et je les veux, dès aujourd'hui, tous deux !

Régina balbutiait, l'oreille saignante :

— Le baron est venu me voir en ami ; quel mal faisions-nous ?

— Assez, la fille !

— Vous n'avez pas de preuves !

Mme Keulsbergh s'éloigna. La blessure de Mme Vardoz était très légère, et avec la houppette de poudre de riz, il n'y paraîtrait plus ; la femme du cornac reprenait son aplomb :

— Frédéric, il faut, il est nécessaire que l'on te voie au bal.

— Je serai là ce soir.

— Tu me le promets ?

— Oui.

— Quoi qu'il advienne ?

— J'ai promis.

— Olympia essayera sans doute de me vitrioler ?

— Non !...

— Je prendrai le revolver d'Angelus...

— Inutile !... Je connais Olympia : sa fureur apaisée, elle va me quitter, sans bruit, sans causer de scandale, sans rien dire de la vérité, peut-être ; mais, je n'entends pas qu'elle emmène mon enfant !

Quand le baron eut pris congé de Mme Vardoz, M. Angelus vint apprendre l'histoire touchante des lèvres de sa femme.

— Qui a pu nous dénoncer ?

— Ah ! ce n'est pas moi ! s'écriait Vardoz... Pardi, votre Florentin !

— Floflo est incapable...

— La jalousie...

— Incapable ! vous dis-je.

M. Angelus, très heureux de l'aventure, essaya de jeter un peu de gaieté :

— Envoyez-donc une paire de témoins à la baronne, Mme Champeaux et La Noretti, par exemple ! En voilà une réclame ! Crêpage de chignons, duel à l'épée, les gorges nues, comme dans le tableau d'Émile Bayard...

— Battez-vous avec Florentin, d'abord !

— Je riais, ma chère...

— Je n'aime pas les plaisanteries de mauvais goût !...

Olympia donnait l'ordre aux femmes de chambre

de faire les malles, et elle s'effondrait en sa douleur.

Mais, de même que par un temps violent
d'orage la foudre tonne et éclate sur maints endroits, ainsi la baronne Keulsbergh n'était pas la
seule victime de cette journée. Le général da
Queiroz-Leão se rendait en calèche au Palais de
l'Industrie, pour le concours hippique; il semblait
tout drôle et relisait une lettre qu'il avait r a-
massée, le matin, dans la chambre de madame,
et à l'insu de la comtesse, un papier rose qu'il
épelait, traduisait à sa manière : « Jé t'adoure,
ma cher' Bianca ! Jé né rêvé que de toâ, la nouit,
touté la nouit. Trouv' oun prétextt' quelcounque
et né va pas à la councours dé la hippiqué ; jé
sérai dane tés brass' à trois houres.

« Jé bais' ta bouche vermeill',

     « Ta biène-aimée

       « Louiss'. »

— Rétournez ! dit-il au cocher.

Puis, il grommela entre ses dents :

— Louiss' Champeauxx ! Madam' Champeauxx et ma Bianca ! Jé m'en doutaitt' dépouis lé soir où elles ount quitté lé saloun dé mossié Vardoz ; jé vais lé pincerr' et no verrounn' biène cé qué jé férai ensouitt... C'est courieux ça ! Oun hommé, ça m'houmilierait moins ; jé pourrai loui chercher quérell', loui flanquer moun gantt' à la figoure, lé touer en douel ou mé fairr' touer, mais ouné fâme, dé fâmes, lé prouverb' il ditt' qu'il né faut jamais les frapperr' mêmé d'ouné flour ! Et dir' qué sour les counseils dé mossié Angélouss', moâ, général coumtt' Ousébio da Queiroz-Leão, j'ai épousett' ouné Bianca, ouné lesbien' dé chienn' ! Qué malhour, moun Diou, qué malhour ! Jé né souis pas méchantt', et beaucoup dé Parisiens coummençaientt' à mé rendré joustice, en né mé counfoundane plous avéqué les vouleurs dé la rastaquouère dé chez moâ ; Jé né réfousé point dé dounerr aux pauvré dé Pariss' ; jamais ouné fètt' dé la charité sans moâ ; et mossié Vardoz, loui, j'ai loui prêtett' dé l'argentt', jé né mar-

chandé pas ses tableauxx', dé la salété ! J'achété
soulémentt' pour loui être agréabl' ; jé mé faisais
oun plaisir, après lé Grand-Prixx' dé prouménerr'
ma Bianca en vouyag' ainsi qué sa maman qui
habitt' oun appartémentt' doun jé payé lé louyer,
et lé resté ; nous sériouns allés aux baines dé
merr', pouis nous sériouns partis pour lé Brésill'
et là-bass' dans ma prouvincé de la Espiritou-
Santo, la Bianca out été ouné reiné, ouné véritabl'
reiné !... Qué malhour, moun Diou, qué malhour !...

Des pleurs roulèrent sur ses grosses moustaches :

— Jé frissounné, et pourtant lé souleil est ma-
gnifiquo ! J'ai là dans la poitriné ouné plaço
vido, doulouroso, coumo si oun chirurgienn'
m'avaitt' enlévé ouné partie dé moun cœur !...

Il devint grave ; ce qui pour un homme est
la façon virile d'être triste, en demeurant énergique et robuste.

Sur l'avenue du Bois-de-Boulogne, à quelques
pàs du club des Panés, da Queiroz commandait

d'arrêter les chevaux et d'attendre; il continua à
pied le chemin jusqu'à l'hôtel; il prit l'escalier de
service et se dirigea vers la chambre de la comtesse. Au milieu du couloir, une servante montait la garde : sans une parole, avec l'un de ces
gestes qui font obéir, le général ordonna à la
domestique de rester là, immobile; puis, ayant
pénétré dans le cabinet de toilette, il écouta ceci :

« — Bianca, c'est aujourd'hui le prix de la
Coupe; j'aurais pu m'enorgueillir là-bas, mais la
coupe bénie, c'est celle de tes lèvres !

« — Louise, ô ma Louise !... »

Les voix se mouraient dans un furieux baiser
d'amour. Chancelant, rouge de honte et de douleur, le Brésilien quitta son poste d'observation,
et il dit à la servante :

— Phrousin' pas oun mott' ou jé té toue !...

Vers les cinq heures, le comte rentra à l'hôtel,
et, cette fois, par les portes de la cour, sous les
saluts du suisse, aux trois coups du timbre
d'appel et au grand trot de deux alezans superbes;

il se rendit aussitôt chez sa femme, qui avait ma-
nifesté le désir de le voir.

— Vo avez bocou perdou, Bianca, dit-il, en
baisant la main de la comtesse. Merveilloux, lé
Palais dé la Indoustrie, ouné courss' esplendido !...
Des toilett' !...

— Je souffrais tant ! maudite migraine !...

— Et vo allez oun peu mioux ?

— Presque bien !

— Vo pourrez dounc vénir au bal dé Vardoz ?

— Oui.

— Tane mioux ! J'ai dé l'ourgueil dé vo voir
avéqué lé beau moundé ; vo êtes si charmantt' ; vo
dansez si biène !

— Ce serait malheureux !... Une première
danseuse de l'Opéra !

— Oun pétitt' tour à la Cascadé vo rémettraitt'
coumplétémentt ?

— Vous croyez ?

— Ouais !

— J'accepte.

— Bianca ?

— Cher et tendre Eusébio ?

— Merci. Bianca, j'ai rencountré lé counsoul dé la Espiritou-Santo et il m'a démandé votr' extraitt dé la naissance pour ouné régoulo... ouné régouli, régoulari...

— ... sation ?

— Ouais !

— Demain, je chercherai ça.

— Il lé faudraitt' aujord'houi ?

— Je vais vous le donner.

— Votré signatour' aussi ?

— Pourquoi faire ?

— Ouné fourmalité ; vo avez biène counfiance en moâ ?

— Certes !

— Ténez, signez ça ane blanc, pouisque vo êtes majour' ? On s'arrangéra ensouite...

Il présenta une feuille de papier timbré de cinquante centimes, et La Noretti, comtesse da Queiroz, s'approcha d'une élégante papetière.

— Ah ! j'y pense ! Mon acte de naissance est là...

Elle signa, ouvrit le petit bureau, et dépliant l'extrait de l'état civil :

— Blanche Noret, Auteuil, le 24 juillet 1873... Moi, je ne me rajeunis pas : on peut voir !...

Phrosine vint habiller madame, et, muni des deux papiers, le général s'enferma dans sa chambre pour remplir la feuille de cinquante centimes, selon un formulaire qu'il s'était procuré le matin même, à la première lecture de la lettre de Mme Champeaux.

Bianca demandait :

— Phrosine, vous n'avez pas trouvé cette lettre ?

— Non, madame la comtesse.

— Un carton rose ?

— J'ai cherché partout.

— Cherchez encore !

Elle songea : « S'il l'avait trouvée, lui ? Baste ! Qu'est-ce qu'il pourrait y comprendre ? Louise a été un peu chaude sans doute, mais dans la province d'Espiritu-Santo, qui se doute de ça !... »

Phrosine pensait : « Monsieur est tout gno-
gnon, et son sourire me donne froid à l'échine !...
Ce ne sont pas mes affaires !... »

La promenade en landau découvert fut charmante. C'était l'une de ces fins de journée d'avril
où la brise pique d'un désir les amoureux que le
printemps travaille, et la comtesse avait pour son
mari des élans de volupté.

— Aïe ! s'écria tout d'un coup Da Queiroz, en
portant la main à son plastron de cravate, j'ai
perdou moun diamantt' noirr au Palais dé la Indoustrie...

— Ce matin, le diamant était encore à votre
cravate, répondit la comtesse, et il me souvient
que vous ne l'aviez plus, en rentrant du concours
Hippique... Cinquante mille francs !... On a beau
être riche !..

— Bianca, jé vais fair' ma déclaratioun aux
objets perdous ?

— A la Préfecture de police ?

— Et dé souite, si céla né vo ennouie pas...
Cé diamantt' noirr, lé plous rémarquabl' de ma

18

coullectioun, jé lé réservé à vo pour ouné paroure, ouné agrafé dé manteau rouyal...

— Allons vite !

Le landau stationnait en face de la Préfecture de police ; le Brésilien disparut. Quelques minutes plus tard, il reprit place dans la voiture :

— Pardoun, cher', de vo avoir faitt' attendre ; on allaitt' fermer, jé souis arrivé à temps : on a pris la nott' et tout est anc règl' !

Le comte et la comtesse dînèrent seuls, gaiement.

— Il fautt' sé fair' les moullets pour lé bal, ma Bianca ! insistait Da Queiroz ; vo né bouvez pas ?... Encour' oun peu dé champagne ?... A vôtré santé !

— A la vôtre, Eusébio !

— Moâ, jé né pensé plous au diamantt' noirr ; il n'étaitt' pas si brillant' qué vos yeux !... Lé bal dé Vardoz, c'est assez tôtt, à minouit ?

— Certainement !

— Alorrss', Bianca, si vo êtes prêtt' avant minouit, jé vo charmérai d'ouné sourprise. Figou-

rez-vo qu'au councours dé la Hippiqué, j'ai
admiré oun coustoume extraourdinairr ; mossié
Angélouss' ma dounné l'adress' dé la couturier
nouveau qui a l'espositioun des étouffes et des
moudéles, la nouit, à la loumier' électric'...

— A onze heures, nous irons voir les costumes.

— Esplendido ! Jé lé joure !... Des nouances à
fair' hounté au souleil !....

La comtesse, ravie et même un peu grise,
montait en calèche; elle était en toilette de bal, et
le comte, vêtu de l'habit noir, sous un pardessus
vert-pomme, s'asseyait auprès de sa femme et
donnait des ordres au valet de pied. La voiture
fila dans la direction des grands boulevards et
s'arrêta net devant une maison aux fenêtres
grillées.

— Bianca, no soummes arrivett' !

Le valet de pied ouvrait la portière. Mme da
Queiroz riait comme une folle, car le champagne lui tapait rudement sur le cerveau; le
comte lui offrit le bras; ils entrèrent, et, derrière

eux, la porte se referma soudainement, avec un bruit de chaînes.

Comme elle pénétrait dans un salon vide éclatant de dorures, de glaces et de lumières, la comtesse faillit se trouver mal, sous l'ardente chaleur des lustres de gaz, au milieu d'une exhalaison bizarre de parfums et de senteurs humaines.

— Où m'avez-vous menée, monsieur ?

Une grosse dame réjouie qui portait un trousseau de clefs vint saluer le général :

— C'est la petite en question ? Vous avez les papiers ?

Da Queiroz tira de son portefeuille l'extrait de naissance et le consentement de Bianca, tout le dossier enregistré à la police des mœurs.

La comtesse restait là, les yeux grands ouverts, sans voir.

— Allons, chérie, dit la matrone, remuez-vous un peu ! Vous ne serez pas malheureuse ici ; nous avons une excellente clientèle, et ces dames sont très gentilles !...

— Où suis-je ! Où est mon mari ?

— Votre mari ? Ah ! elle est raide, celle-là !...
Vous voulez parler du placeur, du Brésilien
chouette qui ne veut rien pour sa peine ? Vous
vous appelez Blanche ; nous en avons une autre
de ce nom, et...

— Je veux sortir !

— Vous avez signé, n'est-ce pas ? Eh bien, ne
faites pas la méchante !...

— Je sortirai !...

A la stupéfaction du cocher et du valet de pied,
da Queiroz reparut seul, le cigare aux dents :

— Chez moâ d'abord ; pouis, à l'hoûtel
Vardoz !...

XV

Dans un éblouissement de lumières, l'escalier
de marbre de l'hôtel Vardoz pavoisé d'arbustes
en fleurs, l'escalier vénitien à double révolution,
s'emplissait, se vidait, pour s'emplir toujours
d'une foule d'habits noirs et de robes décolletées
versicolores. On avait enlevé les cloisons, et les
trois grandes pièces en enfilade, tendues d'un
gigantesque velum de soie bleue, fleuri d'ara-
besques d'or, ne formaient qu'un hall immense
où une cohue circulait avec peine aux lueurs
des lampes Jablochkoff, sous l'ouragan d'harmonie que déversait d'une tribune l'orchestre
endiablé d'une centaine de tziganes. Tout le
long de la salle des Fêtes, et entre de larges
baies à vitrail, autour des statues de marbre et

de bronze montaient de hautes verdures, des
palmiers, des dracœna, des yucca, des myrtes,
des catalpa, des fougères, des gynériums, des
aulnes, des cèdres de Virginie, des jasmins
d'Espagne : au centre, une montagne blanche de
lilas; à droite, un parterre d'azalées rouges; à
gauche, un reposoir de camélias roses ; aux quatre
extrémités, des corbeilles de géraniums, de ver-
veines, de gardénias, de primevères de la Chine,
— et de toutes ces floraisons jaillissaient des bras
d'Hercule et de Vénus, des bras de métal armés
de globes lumineux. La salle à manger avait été
transformée en buffet, la salle de billard devenait
un salon de jeux avec grande table de baccara,
tables de whist, de bouillote, de poker et d'écarté ;
le cabinet de travail de M. Angelus, discrètement
éclairé, servait de buen retiro, ainsi que la serre
et les charmilles du jardin. Il entrait toujours du
monde, et la cour d'honneur envahie, les voitures
se rangeaient sur le boulevard Malesherbes,
les unes du côté de l'hôtel, et les autres près de
Saint-Augustin ; des badauds s'attroupaient, s'ex-

tasiaient, riaient, se poussaient; des agents de
police se tenaient au milieu de la chaussée pour
donner le signal d'arrêt à la file encore pressante
des équipages à venir.

Au salon mauresque, dont les portes étaient
grandes ouvertes sur la salle de bal, M. et
Mme Vardoz recevaient les invités ; en robe blanche
à longue traine parsemée de roses mousseuses,
les épaules et les bras nus, ruisselante de pierreries, le croissant du Brésilien dans les cheveux,
Régina caressait la tête frisée de son fils Émile
et échangeait quelques paroles avec le baron.

— Olympia est partie ?

— Oui, à neuf heures.

— Et où est-elle ?

— A Ivry, chez l'une de ses parentes ; elle a
repris sa dot ; je voulais augmenter, elle a refusé,
mais elle a emmené mon enfant, et nous verrons
cela au procès du divorce !

— Elle ne viendra pas faire de scène, au
moins ?...

— Non !...

Tout près d'eux, M. Angelus, toujours si correct en habit noir, la barbe admirable, cravaté du rouge cordon de la Légion d'honneur, serrait les mains de Karl Rostan, du peintre Lavignotte et du statuaire Corvaisier, les amants passagers de sa femme.

Anatole annonçait :

— Monsieur et madame des Ablettes !

— Monsieur Cavantou !

— Monsieur et madame de Vanves !

Il eut une interruption, pour crier plus fort :

— Monsieur le Ministre de l'intérieur et madame Lousquin !

Puis, le domestique, plein d'indifférence, psalmodia les noms des gendres du ministre, de retour de leur voyage nuptial :

— Monsieur et madame Raffün...

— Monsieur et madame Heurteaux...

Au vestiaire, Mme Eulalie, Fanchette et leurs aides étiquetaient, entassaient les pardessus, rangeaient les sorties de bal. M. Florentin Galtier entrait.

— Monsieur s'amusera, dit la gouvernante ; on est déjà plus de mille !

— J'aimerais mieux ne pas être annoncé ?

— Alors, passez par là !

Et tandis que Galtier s'éloignait, Mme Eulalie soupira :

— En voilà un chérubin !... Ah ! si je n'étais pas si vieille !... Comme l'on en mangerait tout de même !...

On valsait. A la splendeur des lumières bleuâtres et rosées des lampes électriques s'allumaient les visages, les épaules nues, les robes blanches, les écharpes roses, les corsages et les jupes d'un vert tendre, rouge ponceau, jaune safran ; un clair de lune givrait les chevelures des femmes déjà brillantes des feux des diamants, rubis, saphirs, topazes, émeraudes, et c'était, à la réflexion des glaces de Venise, des rayons prismatiques, une gamme de couleurs, sous une levée divertissante d'astres de la nuit, une bataille joyeuse d'arcs-en-ciel où se perdaient les taches noires des hommes. Au milieu de ces tourbillons, Boucailles et le marquis César de Sombreuse, tous les deux en habit rouge, entraînaient à leur suite quatorze personnages vêtus, eux aussi, d'habits rouges : il y avait là un gentilhomme français, le comte Jacques de Mauval, sénateur, un petit vieillard à la figure glabre, secoué de tics nerveux, — un Russe, le prince Fongoff, taille de deux mètres, barbe blonde, front démesurément large, — un Allemand, le baron Speckeim, tête de troupier à moustaches rousses, — un Anglais, lord Terwil, visage hautain et hypocrite, favoris poivre et sel, — un Américain, sir Carvelend, magistrat correct, figure typique de Yankee à barbiche, — un Autrichien, von Bonffeim, yeux bleus d'artiste rêveur, barbe flambante comme de la bière d'or, — un Espagnol, le duc de Valroso, tête crêpue, moustaches noires, — un Italien, le commandeur Barchi, visage imberbe, gracieux et pâle, cheveux bouclés de demoiselle, — un Turc, Ali-Riza-Pacha, être huileux, coiffé du fez, — un Belge, le marquis de Ruidels, un grand monsieur chauve à côtelettes grises, très aimable,

— un Suédois, le comte Dewingh, chevelure et moustaches blond filasse, — un Arabe, le caïd Sidi-Abd-el-Maleck, un noir barbu aux grosses lèvres luxurieuses, — un Chinois, Ti-Lung-Zang, pommettes creuses, œil en virgule, une douzaine de poils sous le nez, — enfin un habitant de la Terre de Feu, un Pécherais ; son nom ? un gloussement intraduisible : visage glabre, front étroit, tête aplatie au sommet, maxillaire semblable à celui d'un gorille et rappelant le museau humain du trou de la Naulette. Ces étrangers venaient de diner à l'hôtel Sombreuse, et, la semaine précédente, sur la demande du marquis, Boucailles avait prié Mᵐᵉ Vardoz de leur adresser des invitations ; Régina connaissait les aventures extraordinaires de M. de Sombreuse et de M. de Mauval ; elle hésitait, mais le cornac vint affirmer que ces gentilshommes honoreraient la fête d'une saveur originale, et Mᵐᵉ Vardoz envoya des cartes à ces représentants de toutes les sociétés humaines. Il fallait un nom au Pécherais ; Boucailles songeait

19

à Gœthe, il baptisa « Homunculus » l'habitant de
la Terre de Feu.

L'entrée des habits rouges fit sensation ;
M. Vardoz les salua d'un geste mondain, en attendant de pouvoir les conduire à sa femme, qui dan-
sait avec le ministre. Le bal roulait, vibrait, étincelait : dans la tribune, les tziganes se levèrent,
animés d'une fureur d'artistes sublimes ; le chef
d'orchestre s'agitait, bondissait, éperdu, les bras
éployés ; vers la fin de la valse, n'y pouvant plus
tenir , il reprit son violon, et tout chanta en lui,
tout chantait en eux, les instruments, les voix,
les âmes.

— Eljen !... Eljen !... cria Mme Vardoz.

Les mains battirent, les gants craquèrent et tout
le monde répéta : Eljen !

— Eljen ! Eljen ! Tu me fais languir !... soupirait
Boucailles, moqueur.

On envahissait le buffet, un amphithéâtre tout
miroitant d'orfèvreries, de pièces montées, de
cristaux, de gélatines aux couleurs d'ambre ;
le champagne coulait, mais on ne se bourrait pas

trop, à cause du souper ; dans la salle de billard, à la table de baccara, lord Terwil taillait froidement à banque ouverte, le prince Fongoff en était de six mille roubles et le malheureux Homunculus venait de perdre tout ce que lui avait rapporté son séjour et celui de sa tribu au Jardin d'Acclimatation.

Victor, le coiffeur de Mme Vardoz, se tenait au fond de l'antichambre, prêt à se créer de nouvelles clientes en rajustant une œuvre maladroite ; sa femme, la belle Félicie, une brune aux yeux langoureux, avait désiré voir, et M. Angelus l'autorisait à jeter, sans trop se montrer, un coup d'œil rapide sur la salle des Fêtes ; elle était là, en toilette claire et en chapeau à fleurs, et elle caressait amoureusement les poils noirs d'un grain de beauté, tout près de sa bouche, d'une rougeur mouillée : Boucailles aperçut Félicie, quitta le bal, et la femme du coiffeur le suivit du côté de la serre.

Le marquis de Sombreuse, le comte de Mauval et leurs amis allaient et venaient :

— Messieurs, ne vous gênez pas! murmurait
Sombreuse en redressant ses longues moustaches
blanches; vous êtes ici pour vous amuser! Dites,
Mauval, cette petite rousse, hein?... Et vous, Ho-
munculus, Lord Terwil vous a nettoyé au bac?...
Vous avez dévoré l'argent de votre tribu?...

— X'ünnn!...

— Vous voulez répondre : oui? Pourquoi
jouez-vous, Homunculus? Vous ne savez compter
que jusqu'à trois, et ce nombre, estimable en
amour, est un faible point au baccara; laissez le
jeu, Homunculus, séduisez des femmes!... Où
diable est Valroso?... Et Barchi?... Ah! ces Ita-
liens et ces Espagnols!... Mauval, cherchons!...

Des ministres, des sénateurs, des députés,
des préfets, des sous-préfets, des magistrats,
des officiers, des artistes, des gens de lettres
s'inclinaient devant la maîtresse de maison, entourée de dames d'honneur; puis ils compliment-
taient M. Angelus, qui, assis derrière sa créature,
entre M. Lousquin et le baron, se reposait dans
sa gloire, comme Notre-Seigneur Dieu, après le

septième jour. Tout ce monde-là, Vardoz pensait
bien qu'il était venu autrefois à ses bals travestis,
mais toujours sous le masque ; et il avait plaisir
à considérer enfin les visages des êtres dont les
allures lui rappelaient ses fêtes d'antan, les nuits
où il harponnait les riches invités et les entraînait
vers sa galerie de tableaux. Que de ruses il fallait
imaginer ! Que de coups d'encensoirs ! Quels
triomphes aussi !... Désormais, il n'ennuierait
personne, il n'avait plus qu'un rêve, il formait un
dernier vœu, que M. Isidore des Ablettes aiderait
à exaucer : appartenir aux quarante de l'Académie
française ; il écrirait ses mémoires, et Régina
lui aiderait pour la copie et les démarches ; alors,
on pourrait l'enterrer, discourir : il serait complet.

Les danseurs s'escrimaient ; çà et là rôdaient
les habits rouges, des vieillards difficiles ; quelques jeunes hommes plus impatients entraînaient
leurs danseuses, valsaient, polkaient, disparais-
saient, fuyaient à travers les couloirs, frôlaient
des groupes, s'esquivaient, s'en venaient à la
serre, au jardin, sous les charmilles éclairées de

19.

petits ballons de verres et de lanternes véni-
tiennes ; puis ils remontaient, polkaient, valsaient,
dès l'entrée de la salle des Fêtes ; on avait l'air
d'avoir dansé tout le temps, et le bal montait
vers une apothéose des plus charmantes et des
plus correctes. Régina guettait Florentin, elle l'arrêta au passage et lui saisit le bras :

— **Tu resteras, cette nuit, Floflo ?...** Viens que
je te présente à **M. Vardoz...**

— Pourquoi veux-tu me conduire au patron ?
Est-ce que cela se fait, par hasard ? En cas de dispute ? Oui !...

Il comptait sur ses doigts.

— Qu'est-ce que tu additionnes ?

— Tes amants !

— Monsieur Galtier !...

— Les amants de Régina, et par ordre : Keulsbergh, moi, Lavignotte, artiste-peintre, Corvaisier, statuaire, Rostan, journaliste, au total :
cinq ! Je ne compte pas, bien entendu, le fretin de
la province. Et ton valet Anatole, en est-il ? Il doit
en être, Anatole ?

— Je ne vous pardonnerai jamais cela, monsieur !

— Tiens! le baron te cherche!... Moi, j'en ai
assez!... Et dire qu'il y a ici des braves gens qui
ignorent les dessous du lupanar !...

Si la salle de bal gardait une apparence convenable, la gaieté débordait à l'office : Anatole et
les cochers s'étaient amusés à déculotter Jozim
ivre-mort, et l'on appelait Mme Eulalie, Fanchette
et M. Victor pour leur offrir la vue de l'eunuque ;
un palefrenier, un sujet anglais, se montra
si dégoûtant que la gouvernante crut devoir
fermer la porte d'un réduit où l'on poussa l'i-
vrogne.

Mme Vardoz, atterrée par les propos de Galtier, se
forçait pour sourire, et elle souriait à Karl Rostan.
On forma un quadrille : M. Angelus était le
cavalier de Mme Champeaux, très inquiète de
l'absence de Bianca ; ils avaient pour vis-à-vis
Mme Vardoz et le baron ; comme chassé-croisé,
Mme Lousquin et M. Rostan, Mme Raffün et
son beau-frère, Me Heurteaux ; puis, en ligne :

19..

Mme Heurteaux et Paul Raffün, le grand Bouc et une créole, la femme du peintre Lavignotte ; les autres danseurs s'échelonnaient jusque dans les lointains, où ils semblaient de vivantes marionnettes, et malgré les invitations furieuses de l'orchestre on dansa correctement. Après le galop, les filles du ministre commencèrent une quête en faveur de nombreux incendiés de Paris ; Boucailles renversa une aumônière chargée de pièces de menue monnaie, il répara sa maladresse avec un billet de mille, tandis que le brave Anatole ramassait et fourrait dans ses poches, affirmant qu'un de ses oncles s'était brûlé en province ; Champeaux ne renversa rien, et il donna, lui aussi, mille francs ; plusieurs petites femmes que ramenaient les habits rouges rachetèrent leurs péchés, en quêtant elles-mêmes; il y eut une pluie de billets bleus et de pièces d'or ; M. Angelus établissait un total de millionnaires, et le baron, vexé, déclara qu'il doublerait la collecte, quel qu'en fût le montant.

Vers les trois heures, le bal était toujours aussi

animé, aussi correct, aussi brillant, mais la partie de baccara languissait.

— Enfin, voici le général ! s'écria M. Vardoz, qui marchait à la rencontre du mari de l'ex-dan-seuse, la main largement ouverte ; le Brésilien avait le claque sous le bras et les mains dans ses poches ; M. Angelus réprima une grimace :

— Cette chère comtesse est souffrante ?

— Ouais !

— Vous ne mettez rien en banque, général ?

— Noun !

Et il passa, se rendant auprès de Mme Cham-peaux, qui l'appelait du sourire :

— Eh bien, et la comtesse ?

— Lougée !

—· Malade ?

— Noun ! Lougée !

— Vous voulez dire que...

— Elle est en maisoun !

— Maison de santé ? Oh !... Pauvre chatte !...

— Noun ! En maisoun ! Jé counduitt' la Bianca où mossié Champeauxx' dévrait vo mettré vo,

où madam' Vardoz sérait biène aussi, où vous
sériez très biène, toutés trois, mesdamm' réounies
sous la directioun dou grrand cournac mossié
Angélouss' !

Régina, qui n'avait pas entendu, sourit, en ma-
niant l'éventail :

— Alors, notre chère Bianca...

— Lougée, en maisoun !

Il lui souffla à l'oreille un gros mot, le mot
vrai.

Mme Vardoz devint écarlate :

— Vous êtes fou, monsieur !

— Noun, jé souis lé jousticierr !...

M. Champeaux s'approchait. Alors, Louise,
étourdie, ne comprenant pas encore, mais lisant
une pensée féroce sur le visage du Brésilien :

— De grâce, monsieur, taisez-vous !

Da Queiroz eut pitié du mari :

— Mossié Champeauxx', jé pars démaine pour
la Espiritou-Santo, et j'ai grand hounour dé vo
serrer la maine, mossié !...

Et il se perdit dans la cohue.

— Il est tout bizarre, le général ! observait Champeaux.

— Gris comme un Polonais ! vint affirmer M. Angelus.

Pendant que l'on organisait la première figure d'un Cotillon, une ronde triomphale à laquelle tous les danseurs prirent part, Mme Vardoz trouva le mot de la soirée :

— Le général adore sa femme, et lorsque la comtesse est souffrante, il perd la tête et boit pour s'étourdir… Oh ! les hommes qui boivent !…

Le marquis César de Sombreuse promenait à son bras le comte de Mauval :

— Hé ! mon pauvre cousin, nous et nos compagnons, depuis le Russe, l'Américain et l'Espagnol, jusqu'au Turc, au Chinois, à l'Allemand et au Pécherais, nous, les jouisseurs, toi, le gaga, moi, le fou libéré de Bicêtre, nous valons encore mieux que tous ces pontifes, bourgeois hypocrites et paillards !… Quel est donc le brave homme qui nous accuse de réserver à la France le monopole de l'orgie et du vice ? Tu sais bien que l'Anglais et l'Allemand sont nos maîtres et que j'enrage de cette infériorité!... Mais, ta femme, ta chère femme, quelle grande dame à côté de toutes ces p...! Et Régina, qui affecte des airs de sainte-n'y-touche et nous assomme avec sa littérature et sa politique!... La Régina, quand nous voudrons lui détacher les jarretières, M. Angelus tiendra le flambeau!... Un joli coco, Vardoz!... Et Lousquin ministre! Un tas de vilains! Filons!...

La femme du coiffeur ne savait plus qui entendre, et Victor buvait à l'office.

— Ah! disait Félicie, j'ai déjà vu le loup quelquefois, mais à Mme Vardoz le pompon!...

Les tables étaient dressées autour du hall : on ouvrait les fenêtres pour changer l'air : on soupait par quatre et cinq entre intimes, et les amoureux auraient le droit de se grouper. Dès que l'on eut pris place, les tziganes attaquèrent la *Marseillaise*, et dans le tumulte des bravos, Karl Rostan se leva pour porter un toast à la maîtresse de maison, à l'auteur de *la Revanche des Femmes*.

Mme Champeaux ne voulut pas rester plus longtemps, et Némorin emmena sa femme :

— Tu es bien pâle, Louise, bien pâle?...

Ah! s'il savait, s'il savait, celui-là! Si Champeaux savait que Louise, la maman de Germaine, était indigne des baisers de sa fille, que
M. Vardoz l'avait associée à une lesbienne,
qu'elle était dégradée, souillée, pourrie jusqu'aux
moelles! S'il savait, s'il savait! Il mépriserait
les vengeances à la da Queiroz, il verrait d'abord
et surtout un homme à châtier, — il n'aurait pas
besoin de courir à l'usine, de s'armer du marteau
qu'il brandissait encore, aux lueurs des incendies
et dans le vacarme des forges, en l'honneur de
la France mutilée, pour la rédemption de la Patrie
immortelle, oh! non! Il apparaitrait à l'apothéose
d'une grande fête; il marcherait vers le soleil de
minuit et le soleil ne l'éblouirait pas; il irait droit
à M. Angelus, et de son poing, d'un coup, — un
peuple d'ouvriers en lèverait les mains, — d'un
seul coup, il abattrait la barbe teinte; et près du
cadavre, il resterait, tête nue et debout, afin de

voir si quelques noceurs ne seraient pas con-
tents de cette haute et souveraine justice; il resterait debout, le regard tranquille, au milieu de
Paris agenouillé devant la toute-puissance du
bas-bleu galant et de son cornac, le maquignon
de femmes.

FIN

Paris. — Soc. d'Imp. PAUL DUPONT (Cl.) 71.7.87.

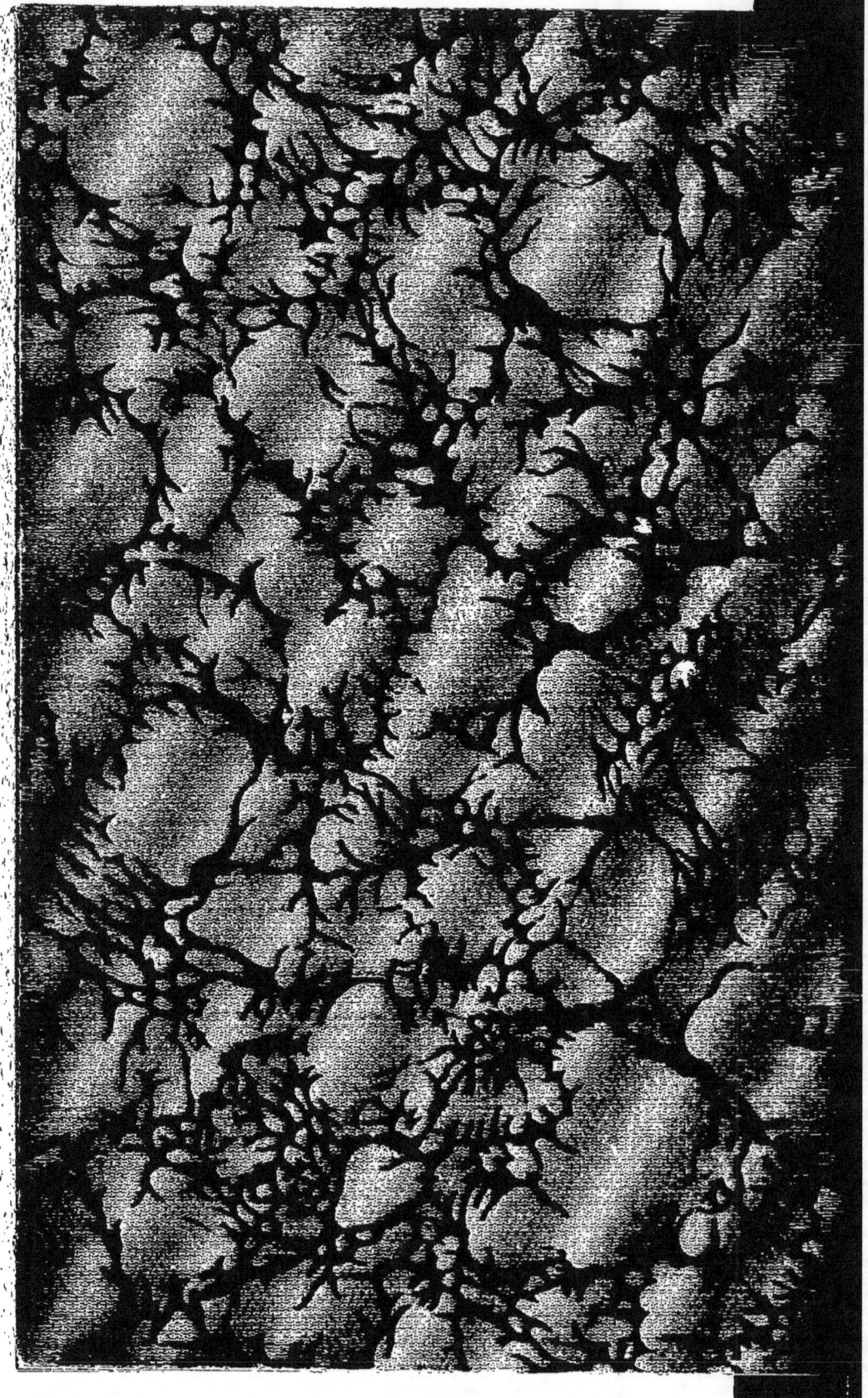

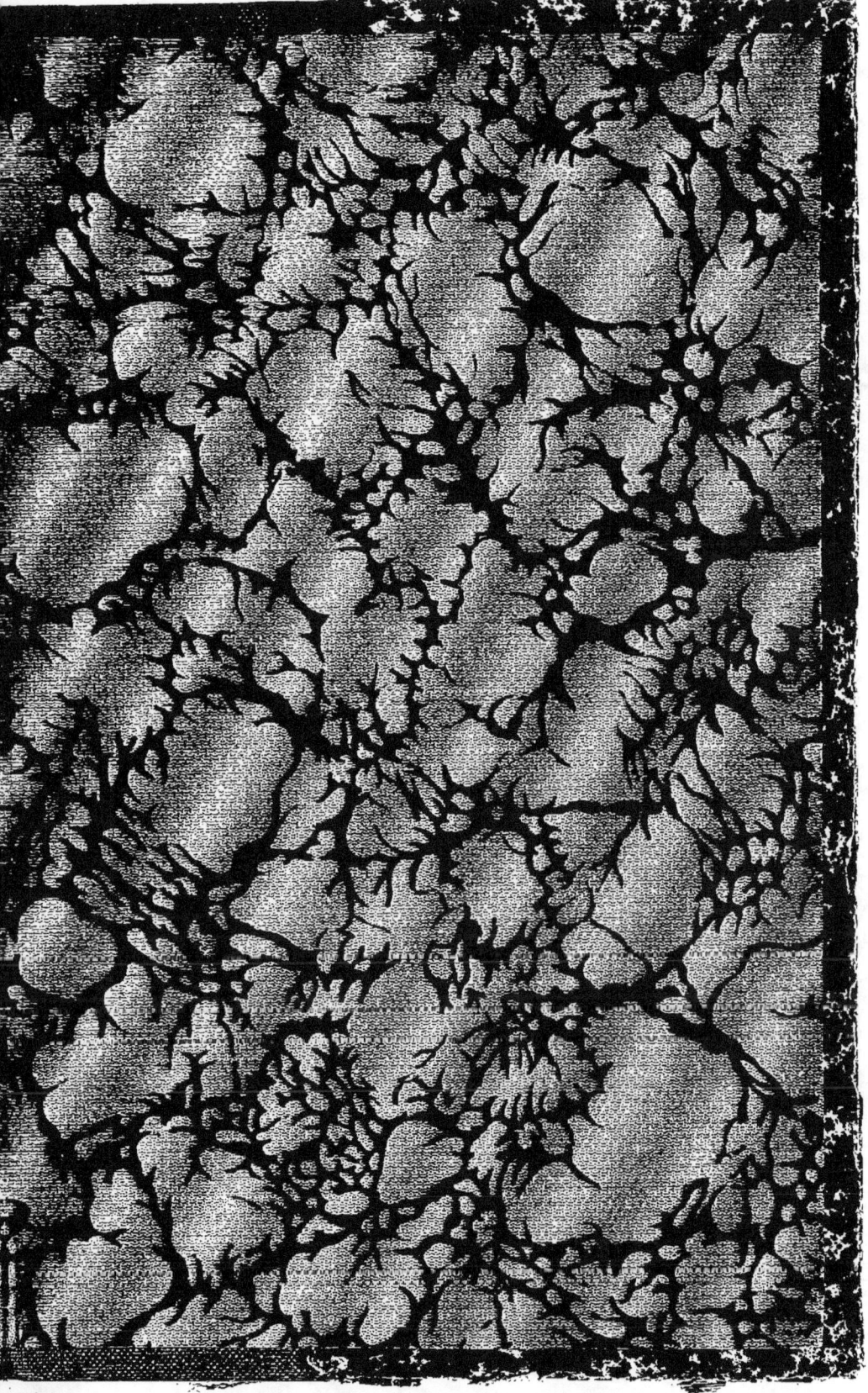

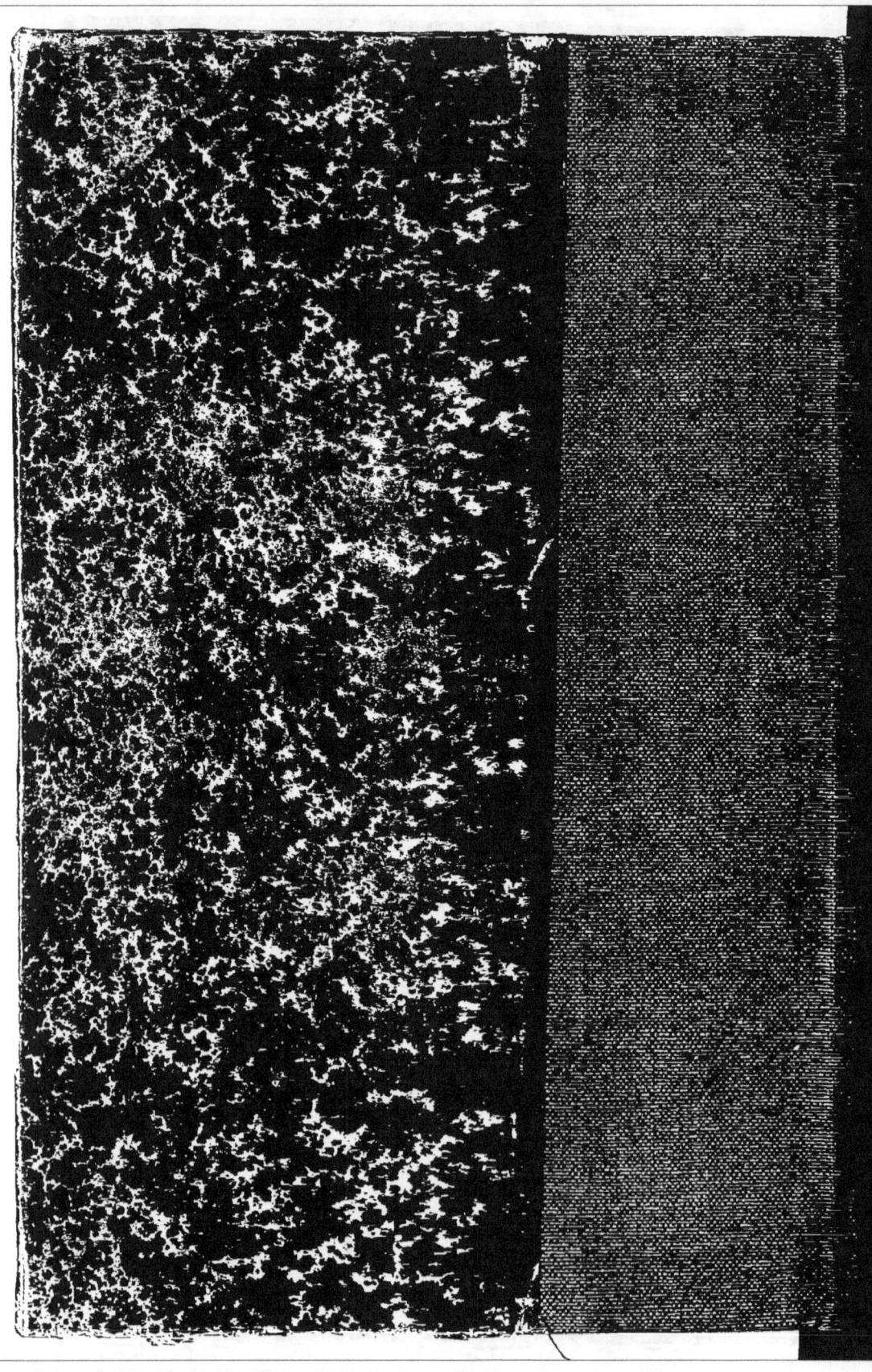